KB269809

묻다, 어떻게
살아야 하는가?

묻다, 어떻게 살아야 하는가?

자전에세이
Autobiographical essay

배상대 지음

외적 성취에 매몰되지 않고, 자신만의 확고한 철학을
바탕으로 내면의 평화를 추구하는 삶

좋은땅

추천의 글

"이 책은 한 개인의 삶을 따라가며 동시에 우리 모두의 삶의 여정을 비추는 거울이다.

저자는 군인의 길, 학자의 길, 기업가의 길, 그리고 아들의 길을 오가며 겪어낸 수많은 선택과 시련을 진솔하게 들려준다. 그가 살아온 이면에 자리한 고뇌, 실패 끝에서 길어 올린 희망, 그리고 가족과의 동행 속에서 발견한 사랑과 인내의 가치는 이 책을 읽는 분들께 깊은 울림을 줄 것이다.

삶은 누구에게나 질문을 던지고, 저자는 그 질문에 정직하게 답하며 우리 앞에 작은 이정표를 세운다. 이 책을 읽는 이라면 자신의 길을 돌아보고, 다시 용기를 얻는 시간을 선물 받게 될 것이다."

- (예)해군대장 박인용

"해군의 기개로 인생 항로를 개척한 그의 여정은 질문보다 깊은 답으로 남는다. 이 책은 삶의 바다를 항해하는 이들에게 든든한 인생 내비게이션이 될 것이다."

- 금오공업고등학교 7기 동기회장, (예)육군준장 박종일

"저희 '보은주간보호센터'는 어르신들의 곁을 지키며, 힘들고 지칠 때도 있지만, 그 모든 순간이 소중한 추억으로 남았으면 하는 바람과 행복한 삶에 동행하는 공간으로 거듭나고 싶습니다.

『묻다, 어떻게 살아야 하는가?』는 바로 우리처럼 가족을 돌보는 모든 이들에게 깊은 공감과 위로를 건네는 책입니다. 이 책은 '돌봄'이라는 여정 속에서 잃어버리기 쉬운 '나'를 찾아가는 법을 이야기합니다.

책을 읽는 내내, 저자가 노모를 보살피며 느꼈던 보람과 사랑의 감정에 공감하였습니다. 또한, 노모의 존귀한 삶을 함께하며 매 순간 기쁨과 행복으로 '돌봄'을 실천하는 모습에 잔잔한 감동을 느꼈습니다.

그리고, 우리 센터의 모든 선생님들께서도 저자의 효(孝) 사상을 본보기 삼아 맡은 바 소임을 다할 것을 다짐합니다.

어르신을 모시는 모든 분들께 이 책을 추천합니다."

- 보은주간보호센터 대표 오현숙

"『묻다, 어떻게 살아야 하는가?』의 저자 배상대 선배님은 저와는 동문으로서, 평소에도 서로에게 조언을 아끼지 않는 돈독한 사이입니다.

그래서 선배님의 이번 책 출간 소식이 더욱 반갑고 기쁩니다.

이번에 출간된『묻다, 어떻게 살아야 하는가?』는 선배님의 인생 경험과 깊은 사유가 담겨 있는 책입니다. 인생의 길목에서 마주하는 수많은 물음들에 대해 진솔하고 담담하게 답하고 있습니다. 이 책은 우리가 잊고 있었던 삶의 본질적인 가치에 대해 다시 한번 생각해 볼 기회를 제공합니다.

이 책은 삶의 방향을 잃고 방황하는 이들에게는 나침반과 같은 역할을 해 줄 것입니다. 또한, 이 시대를 살아가는 모든 이들에게 큰 울림을 줄 수 있는 책이라고 확신합니다.

진정한 삶의 의미를 찾고 싶은 모든 분들께 이 책을 강력히 추천합니다."

- 금오공업고등학교 교장 박복재

"이 책의 저자, 존경하는 제 환자분께서 집필하신 소중한 삶의 기록을 먼저 읽어 볼 수 있는 기회를 얻게 되어 매우 영광스럽게 생각합니다.

이 책은 단순히 한 개인의 자전적 에세이를 넘어섭니다. 금오공고에서 해군사관학교, 그리고 국방의 최전선과 전역 후의 도전들, 치매 어머님과의 아름다운 동행에 이르기까지, 저자가 지나온 모든 길목에는 '나는 어떻게 살아야 하는가?'라는 근원적 물음에 대한 치열한 고민과 성찰이 담겨 있습니다. 때로는 파란만장하게, 때로는 담담하게 써 내려간 삶의 파편들이 하나로 모여 독자들에게 큰 깨달음을 안겨 줄 것입니다.

특히, 저자가 삶의 네 번의 고비를 넘기며 얻은 '살아남아야 할 이유'와 '사명'에 대한 깨달음은 많은 분에게 용기와 희망을 전해 줄 것입니다. 또한, 치매 어머님과의 동행에서 발견한 사랑과 인내, 그리고 '집안을 일으킨 진정한 주인공은 어머님'이라는 고백은 물질적인 성공을 추구하는 현대인들에게 진정한 삶의 가치가 무엇인지 깊이 되새기게 합니다.

이 책은 사회 초년생부터 인생의 전환점을 앞둔 모든 이들에게 훌륭한 길잡이가 될 것입니다. 자신의 삶을 되돌아보고, 앞으로의 삶을 어떻게 채워 나갈지에 대한 답을 찾는 모든 분께 이 책을 강력히 추천합니다.

저자의 진솔한 이야기가 담긴 이 책이 많은 이들에게 닿아, 각자의 삶에 작은 빛이 되기를 진심으로 바랍니다."

- 밝은결치과의원 원장 윤석호

"외적 성취를 넘어 내면의 평화를 추구하는 저자의 파란만장한 자전 에세이는, '어떻게 살아야 하는가?'라는 근원적인 질문에 대한 용기와 지혜를 선사하며 새로운 시작을 꿈꾸는 모든 이들에게 깊은 울림과 희망을 전

합니다."

- 호서대학교 AI 융합학부 교수 이영철

"순자(중국 전국시대 조나라 유학자)는 '길이 가깝다고 해도 가지 않으면 도달하지 못하며, 일이 작다고 해도 행하지 않으면 성취되지 않는다.'고 했다. 저자는 행복해지려고 마음을 먹고 준비운동을 해 왔으며, 실제로 행복해지려는 행동들을 몸소 실천해 왔음이 글 속에서 헤아려진다. 행복한 삶에는 어떠한 공식이 필요 없듯, 치열하게 영위해 온 스스로의 인생을 여럿과 나누어 세상을 좀 더 아름답게 가꾸고자 하는 열정이 넘쳐 보인다."

- 절친 김일봉

"이 책을 읽고 나면, 굳건한 바위 같은 한 남자의 삶이 눈앞에 그려집니다.

저자는 파란만장한 여정 속에서 숱한 좌절과 시련을 겪었지만, 꺾이지 않는 불굴의 의지로 자신의 길을 묵묵히 걸어왔습니다.

특히 그의 글에서 만난 '참 고마운 사람들'에 대한 깊은 감사와 보답의 마음은, 이 시대에 우리가 잊고 살았던 인간적인 온기를 다시금 일깨워 줍니다.

저자가 사무실 없이 어려움을 겪을 때, 작은 공간이라도 내어주며 그의 도전을 응원했던 것은 당연한 일이었습니다. 그의 진심과 열정이 보였기 때문입니다.

이 책은 한 개인의 삶의 이야기를 넘어, '관계'의 소중함과 '존중'의 가치

묻다, 어떻게 살아야 하는가?

를 되새기게 합니다. 새로운 삶의 지평을 찾는 모든 이들에게, 이 책은 잃어버린 용기와 따뜻한 위로를 선물할 것입니다.

저자의 진솔한 이야기가 담긴 이 책을 진심으로 추천합니다."

- ㈜에이스이노테크 대표이사 정근섭

<h1 style="text-align:center">프롤로그</h1>

우리는 결국 같은 질문 앞에 선다. 어떻게 살아왔고, 앞으로 어떻게 살 것인가. 파도처럼 밀려오는 사건들 속에서 내가 붙잡은 것은 거창한 표어가 아니었다. 오늘을 지키는 작은 수습, 사랑을 절차로 바꾸는 루틴, 그리고 내일을 위해 남겨 두는 기록이었다.

바다는 내게 명예의 태도를 가르쳤고, 집은 돌봄의 질서를 훈련시켰으며, 길은 기록의 이유를 일깨웠다. 명예는 직함이 아니라 약속을 집행하는 태도, 돌봄은 감정이 아니라 존엄을 지키는 루틴, 기록은 기억이 아니라 경험을 체계로 바꾸는 기술이었다. 이 세 가지 축이 내 삶의 기준이 되었다.

이 책은 그 기준이 실제로 작동하는 장면들을 담는다.

- 치매 노모와의 동행에서 배운 것들: 빠르게 수습하는 손, 제시간 배웅, 반복의 품위.
- 시장과 고분군, 강가의 산책에서 확인한 것들: 사라짐엔 애도, 나타남엔 환대.
- 일과 공동체에서 실험한 것들: 주인의식, 투명, 나눔으로 증명되는 명예.
- 길 위의 수행에서 다진 것들: 목적지보다 과정, 길 없는 길의 깨어 있음.
- 기록과 보답에서 다짐한 것들: 말보다 구조, 감정보다 약속.

국가보훈처 인터뷰에서 꺼낸 문답은 내 기준을 정리하는 계기였고, 여타의 에세이들은 그 기준을 일상의 수습으로 증명하는 기록이다. 성지 순례와 글쓰기, 선(禪)의 실천은 물질이 아닌 정신의 유산으로 남을 것이다. 그리고 고마운 이름들을 하나씩 불러 가며, 받은 은혜를 구조로 갚아 나가겠다.

자, 이제 내 이야기 속으로 초대한다. 이 한 권이 당신의 오늘에 작은 이정표가 되길 바란다. 답은 멀리 있지 않다. 표어보다 수습, 말보다 집행, 기억보다 기록—그 반복 속에서 우리는 각자의 길을 찾게 될 것이다.

목 차

1부 철부지의 고뇌

2부 특수 목적 고등학교

3부 인터내셔널 젠틀맨 교육

4부　장교의 소임

1부

철부지의 고뇌

새벽의 강가를 걸을 때면, 오래전의 내가 따라온다. 만 원 한 장을 쥐고 타던 밤차의 흔들림, 낯선 도시에서 건네받은 따뜻한 짜장면, 밤을 새워 기다리던 어머니의 눈. 빵점으로 얼룩진 성적표가 처음 '수'로 바뀌던 날의 떨림과, 돌을 수평으로 맞추던 물 호스의 투명한 선, 설익은 토마토의 새콤한 향까지. 결핍은 나를 움츠리게도 했지만, 끝내 몸을 앞으로 기울게 했다.

1부의 에세이들은 그 기울기의 시작이 적혀 있다. 도망의 끝에서 마주한 책임, 첫 칭찬이 남긴 확신, 노동이 가르쳐 준 원리, 그리고 마음을 순수의 방향으로 밀어 준 첫사랑. 나는 그때 비로소 '어떻게'의 첫걸음을 배웠다.

 묻다, 어떻게 살아야 하는가?

1. 가출

대구 내당동의 좁은 골목. 우리는 남의 집에 기대어 살았다. 성적표에는 '가'가 줄을 섰고, 체육 시간의 '양' 하나가 그나마 숨통을 틔워 주었다. 장사를 이유로 집을 비우던 아버지의 긴 부재는 곧 가정의 빈자리로 이어졌다.

같은 처마 아래 살던 승일이네 방엔 전집이 벽처럼 쌓여 있었다. 우리 방엔 변변한 책 한 권 없었다. 나는 문턱에 서서 제목을 훔쳐 읽었다. 그 무렵부터였을 것이다. 책이 도피처이자, 언젠가 열어야 할 문이라는 걸 어렴풋이 알게 된 때가.

어느 날, 어머니가 만 원을 건네며 심부름을 시키셨다. 손바닥의 지폐는 이상하게 뜨거웠다. 가난과 부재, 설명하기 어려운 분노가 함께 달아올랐다. 나는 그 돈을 쥐고 집을 나섰다. 밤의 대구역에서 완행열차에 올랐다. 객차의 덜컹거림이 내 불안을 오랫동안 흔들었다.

새벽의 용산은 낯설고 어두웠다. 불이 켜진 집을 찾아 들어간 곳은 중국집이었다. 먹을 생각도 못 한 채, 나는 엉겁결에 취직을 청했다. 주인은 말없이 짜장면 한 그릇을 내밀었다. 정확한 말은 기억나지 않는다. 다만 목소리에 삶의 무게와 다정이 함께 실려 있었다. 그 온기가 내 안의 얼음을 천천히 녹였다.

그때 알았다. 내가 있어야 할 곳이 어디인지. 도망은 자유가 아니었다. 더 큰 외로움의 다른 이름이었다. 만 원을 여전히 손에 쥔 채, 다시 남쪽으로 향하는 열차에 몸을 실었다.

집에 돌아오니, 어머니는 밤을 새워 나를 기다리고 계셨다. 퉁퉁 부은 눈가를 보는 순간, 마음 한가운데가 조용히 기울었다. 그날 나는 도피 대신 직면을, 회피 대신 책임을 택하기로 마음먹었다.

그 후로 책상 앞에 오래 앉는 법을 배웠다. 이웃의 전집을 빌려 읽고, 도서관에서 책을 끌어오고, 모르면 선생님을 찾아가 물었다. 망설임이 묻던 글자들이 어느 날부터 내 쪽으로 먼저 걸어왔다.

돌이켜 보면, 그 만 원과 새벽의 짜장면, 어머니의 눈물, 문턱 너머의 책들이 내게 건넨 것은 화려한 기회가 아니라 방향이었다. 그 가출은 실수였고, 동시에 씨앗이었다. 책임이라는 낱말이 내 안에서 싹을 틔우던 첫날이었다.

> 🕐 **한 줄 나침반**

순간의 일탈은 자유가 아니었다. 외로움의 다른 이름이었다.

2. 상이라는 이름의 떨림

그날 밤의 결심은 책상 앞에 머무는 힘이 되어 주었다. 그러나 현실의 바닥은 낮고 두터웠다. 나는 초등학교를 일곱 해 다녔다. 밀양에서 대구로 옮긴 뒤, 학업 수준이 1학년에도 미치지 못해 다시 2학년에 들어갔다. 네 번째 해가 지나도록 성적표는 빵점으로 얼룩졌다. 지금도 맞춤법이 어렵게 느껴지는 건, 아마 그때 글자를 늦게 받아들였기 때문이다.

전환은 뜻밖의 순간에 찾아왔다. 5학년 어느 생물 시간. 선생님이 물으셨다. "명태 알의 개수를 어떻게 구하겠느냐"고. 교실이 잠잠해질 때, 나는 조심스레 말했다. 소량을 달아 개수를 확인하고, 전체 무게로 환산하면 되지 않겠느냐고. 정확한 계산법은 아니었을지 몰라도, 질문의 본질에 닿아 있었다. 선생님의 칭찬이 이어졌다. 어떤 상보다 값졌다.

그날 이후 공부는 고역만은 아니었다. 특히 산수, 그중에서도 기하에서 길이 열리기 시작했다. '가'와 '양'으로 가득하던 성적표에 처음으로 '수'가 올랐다. 학년 말, 산수 우수상으로 단상에 오르던 순간의 떨림을 잊지 못한다. 심장이 온몸의 시간을 대신 뛰던 감각만은 지금도 선명하다. 그 상장은 성적을 넘어 자존감을 반듯하게 세워 주었다. '만능 꼴찌'라는 낙인은 그 자리에서 서서히 벗겨지기 시작했다.

사춘기는 남들보다 일찍 지나갔다. 또래가 흔들리는 동안, 나는 흔들림 대신 버티는 법을 배웠다. '늙은이'라는 별명은 그렇게 붙었다. 어려움은 현실을 일찍 보게 했고, 책임은 길을 늦게라도 잃지 않게 했다.

중학교에 올라가서도 흐름은 이어졌다. 한 학년 900명이 넘는 큰 학교에서 상위권을 지켰다. 졸업 무렵 전교 20등 안팎의 성적표를 받아 들었을 때, 나는 특수 목적의 학교에 지원할 수 있는 길목에 서 있었다. 고 박정희 대통령이 세운 금오공업고등학교. 그 문을 두드릴 수 있었던 건, 빵점의 눅눅함을 오래 견디고 얻어낸 하나의 기회였다. 문이 열리며 삶의 궤도는 눈에 띄게 바뀌었다.

돌아보면, 빵점 성적표와 한 번의 가출, 명태 알을 둘러싼 짧은 문답이 내 인생의 나침반을 맞추었다. 큰 가르침은 때로 작은 장면으로 온다. 한 장의 상장은 성적을 바꾼 것이 아니라, 스스로에게 건네는 첫 확신이 되었다.

> ⊙ 한 줄 나침반

첫 칭찬은 상장보다 오래갔다. 확신은 그렇게 시작됐다.

3. 아르바이트

나에게 금오공업고등학교는 단순한 진학 희망이 아니었다. 학비 부담 없이 배울 수 있는 거의 유일한 길, 가난을 벗어나 스스로 미래를 개척할 수 있는 절박한 희망에 가까웠다. 동기생 900명 중 상위권 성적이라 해도, 그 문턱은 높았다. 학교별 추천 정원, 교육청별 할당, 지역 유력 인사의 추천서까지 필요했다. 공부만으로는 닿기 어려운 복합의 관문이었다. 그래서 합격 통보를 받던 날의 감정은 기쁨을 넘어 안도에 가까웠다.

하지만 합격은 곧 다른 준비를 요구했다. 사관학교에 준하는 기숙사 규율, 만만치 않은 입학 준비물. 집 형편으로는 감당이 어려웠다. 해결은 스스로의 몫이라 여겼다. 동네에서 외장 공사를 하던 김만수 아저씨의 조수가 되어 일주일간 일을 했다. 아저씨는 단독주택 외벽에 돌을 붙였고, 나는 자재를 나르고 시멘트를 섞었다. 일은 고되었지만, 맡긴 일을 성실히 해내면 아저씨는 그만큼 칭찬을 아끼지 않았다. 마지막 날, 돼지불고기를 사 주며 "공부해 두어야 나중에 선택의 폭이 넓다"는 말을 건넸다. 짧지만 분명한 조언이었다.

그 현장에서 나는 돈보다 큰 것을 배웠다. 꾸지람보다 칭찬이 사람을 움직인다는 사실, 그리고 일에는 드러나지 않는 요령이 있다는 깨달음이었다. 특히 수평을 맞추기 위해 물을 채운 얇은 호스를 쓰던 모습이 인상적이었다. 물의 원리를 이용해 돌의 단차를 잡아 가는 손놀림은 오래 쌓인 지혜로 보였다. 그때 알았다. 어느 분야든 본질을 이해하고 보이지 않는

효율을 찾아내는 노하우가 있다는 것을.

그 뒤로 나는 무엇을 하든 먼저 원리를 이해하려 했다. 표면이 아니라 구조를 보고, 반복되는 패턴 속에서 효율을 찾는 습관을 들였다. 그 습관은 학업과 사회생활 곳곳에서 문제를 만났을 때, 나만의 해결책을 만드는 데 힘이 되어 주었다.

아르바이트로 번 돈은 입학 준비물을 모두 채우기엔 부족했다. 그러나 그 일주일은 확실히 남았다. 노동의 가치, 칭찬의 힘, 그리고 보이지 않는 데서 정확함을 떠받치는 기술의 품격. 금오공고로 향하던 길목에서, 나는 그 세 가지를 몸으로 배웠다.

> **⏱ 한 줄 나침반**
>
> 칭찬은 일을 끝내게 하고, 믿음은 사람을 자라게 한다.

4. 첫사랑

공부의 확신이 자리 잡을 즈음, 마음은 또 다른 방향으로 자라기 시작했다. 이름 붙이기 어려운 떨림, 그때의 첫사랑.

친척들 사이에서 나는 '못생기고 공부도 지지리 못하는 아이'라고 불렸다. 앞뒤가 도드라진 두상 때문에 '곰배'라는 별명이 따라다녔고, 찢어진 눈과 들창코는 거울 앞에서조차 쉽게 부정할 수 없는 현실이었다. 학창 시절 내내 여자친구의 '여' 자도 모른 채 지냈다. 그런 내 앞에, 이종사촌 여동생 순연이가 있었다. 예쁘고 공부도 잘한다는 칭찬이 그녀를 먼저 데려다 놓곤 했다. 멀리서 오래 바라보던 이름이었다.

금오공고 입학을 앞두고 한 달 남짓, 밀양 외삼촌 댁 비닐하우스에서 일을 도왔다. 순연이는 창녕에서 중학교를 마치고 마산여상 진학을 앞둔 채, 일주일 일정으로 그곳에 왔다. 처음 마주한 순간, 얼굴이 환해 보였다. 약간 도도한 기품이 있어 말 한마디 붙이기도 어려웠다. 이틀쯤 지나서야 겨우 인사를 건넸다.

우리는 물 주기와 순치기, 거적으로 하우스를 덮는 일들을 함께 했다. 물을 주다 장난처럼 서로에게 물을 튀기던 오후가 있었고, 밤에는 몰래 하우스 속으로 들어가 설익은 토마토를 따 먹었다. 한 주는 총알처럼 지나갔다. 떠나기 전날, 논두렁을 나란히 걸으며 적지 않은 이야기를 나눴다. 일이 끝나면 대구로 올라가는 길에 마산에 들르기로 약속했다. 소박했지만 내겐 큰 약속이었다.

순연이가 떠나고 나는 갑자기 기운이 빠졌다. 고열과 함께 방바닥에 드러누웠다. 외숙모는 놀라 무당을 불러 굿까지 하셨다. 며칠을 쉬고서야 몸이 가벼워졌다. 한참 뒤에야 알았다. 그것이 상사병이었다는 걸. 어린 마음의 순수하고 풋풋한 감정이 그렇게나 강하게 밀려올 줄은 몰랐다.

그날 이후로 내 안의 기준이 바뀌었다. 목소리의 결, 머리 모양, 얼굴의 선, 키, 성격까지, 많은 것들이 순연이를 기준으로 움직였다. 이루어질 수 없는 첫사랑이었지만, 금오공고에서의 고된 훈련과 빡빡한 하루들을 버티게 한 큰 동력이 되었다. 때로는 화장실 백열등 아래에서 문제집을 펼치던 밤도, 그 이름 하나로 밝아졌다. 첫사랑은 아픔을 품고 있었으나, 내겐 앞으로 나아가게 하는 힘이었다.

지금도 그 시절을 떠올리면 입가에 미소가 번진다. 짧은 만남이 남긴 자취는 길었다. 그 아련함 속에서 나는 위로를 얻고, 때로는 다시 걸음을 고르게 했다. 순연이는 내 마음속 첫사랑이자 오래된 이상향으로 남았다. 무엇이든 해 보고 싶게 만드는, 조용한 격려처럼.

어쩌면 그때의 굿은 병을 낫게 하는 의식이면서도, 내 마음속에 순연이라는 이름을 더 깊이 새겨 넣는 통과의례였을지 모른다. 이루어지지 못한 사랑은 그렇게 한 페이지를 환하게 비추고, 앞으로도 쉽게 바래지지 않을 기억으로 남아 있을 것이다.

⊙ 한 줄 나침반

첫사랑은 이루어지지 않아도, 방향을 바꾸는 힘이 된다.

돌아보면, 길을 바꾼 것은 거창한 사건이 아니었다. 손바닥의 지폐 한 장, 그릇 위로 오르던 김, 교단에서 건네지던 한마디 칭찬, 물로 수평을 찾던 얇은 호스, 밤공기를 가르던 소녀의 웃음. 작은 장면들이 모여 방향을 만들었다. 나는 그 방향을 믿기로 했다.

다음 2부에서 이야기는 더 거칠고 넓은 물살로 나아간다. 그러나 속도보다 중요한 것은 여전히 균형이었다. 균형을 잃지 않으려, 나는 다시 걷는다.

2부

특수 목적 고등학교

문 하나를 지나면 또 다른 규율이 기다렸다. 깃발의 바람, 발맞춤의 소리, 호명에 맞춰 움직이는 몸. 낯선 침상, 밤마다 켜지던 작은 백열등. 바다는 아직 멀었지만, 질서와 책임은 이미 내 앞에 있었다.

2부는 그 틀 속에서 배우고 견디며 자라난 기록이다. 규율이 모양을 세우고, 사람의 온기가 의미를 더했다. 나는 그 사이에서 중심을 잃지 않는 법을 익혔다.

1. 편도선염

　금오공고 정문을 통과하던 날의 기운은 단순한 긴장만은 아니었다. 새로운 세계로 들어간다는 전율과 낯선 두려움이 동시에 몰려왔다. 기숙사에 입소해 실습복으로 갈아입고 대운동장에 모인 신입생들 앞에 선 2학년 조교들의 풍경은 압도적이었다. 교가는 한 번만 불러 주고 곧장 따라 부르게 했다. "두 번 이상 지도하지 않아도 익힌다"는 불문율이 몸으로 전해지는 순간이었다. 이곳의 군기가 사관학교에 견줘도 전혀 뒤지지 않는다는 말은 과장이 아니었다.

　금오공고는 RNTC, 곧 기술하사관후보생 과정으로 운영되었다. 졸업과 동시에 전군의 기술하사관으로 임관했고, 사관학교 합격 시에는 면제

되는 특수 과정이었다. 연대-대대-중대-소대-분대에 이르는 자치 체계와 군기는 때로 사관학교보다 더 강하다고 느껴질 정도였다. 그 속에서 나는 매사에 긍정으로 임하려 했다. 규율은 엄격했지만, 책임감과 리더십, 조직에 대한 이해를 배우는 시간이라 믿었다.

저녁 점호가 끝나면 도서관으로 향했다. 자정까지 공부하는 것을 내 규칙으로 삼았다. 문이 닫힌 뒤에는 차가운 화장실 백열등 아래에서 책장을 넘기기도 했다. 그러나 학업보다 더 버거운 건 마산에서 공부하던 순연이에 대한 그리움이었다. 주말이면 고향으로 떠나는 친구들을 배웅하며, 마음은 늘 마산으로 달려갔다.

어느 토요일, 더는 견디기 어려워 구미IC로 향했다. 히치하이킹이 유일한 방법이었다. 손을 흔들다 기적처럼 멈춰 선 화물차를 얻어 타고 마산으로 갔다. 회현동, 마산여상 인근에서 우리는 다시 마주했다. 짧았지만 충분한 재회였다. 단단하게 묶인 규율과 얼차려의 날들, 때로는 '빠따'라 불리던 체벌까지 버티게 해 준 단비 같은 시간. 돌아오는 길, 몸은 고단했지만 마음은 든든했다.

한 달쯤 지나, 누적된 피로 끝에 편도선염이 왔다. 목구멍이 막히는 듯한 통증에 숨 쉬기도 힘들었다. 훗날 사관학교에서 수술을 받을 만큼 깊었다. 공단병원 치료 뒤 기숙사에 홀로 누워 있는 동안, 낯선 곳의 외로움과 육체의 고통이 겹쳐 마음이 가라앉았다. 그때 외삼촌 댁 경숙이 누나가 보낸 위문 편지가 도착했다. 짧은 글 속 따뜻한 격려를 읽으며 밤새도록 소리 없이 울었다.

이상하게도 다음 날 아침, 통증이 거짓말처럼 가셨다. 몸의 고통이 사라지자 마음을 짓누르던 두려움도 걷혔다. 그때 알았다. 순연과의 재회, 경

 묻다, 어떻게 살아야 하는가?

숙이 누나의 편지처럼 사랑하는 이들의 존재 자체가 견디는 힘이라는 것을. 보이지 않는 응원이 내 등을 떠밀어 주었고, 낯선 규율 속에서도 진짜 강인함을 배울 수 있었다.

그 뒤로 기숙사 생활은 다시 리듬을 찾았다. 얼차려도, 거친 호통도 예전처럼 두렵지 않았다. 끝내 나를 버티게 한 건 규율이 아니라 사람의 온기였다.

(ⓒ 한 줄 나침반)

규율은 몸을 세우고, 사랑은 마음을 지탱한다.

2. 모의

　금오공고 정문을 지나던 날의 낯선 전율은, 세 해를 관통할 특별한 경험의 서막이었다. 전체 교과의 절반은 실습이었고, 나머지 절반에서 국어·영어·수학을 따라잡아야 했다. 1·2학년 동안 우리는 기숙사라는 틀 안에서 일정한 리듬으로 살았다. 한 반은 10명씩 6개 호실로 나뉘었고, 맞은편으로 마주 보는 책걸상, 평상 위 매트와 베개, 머리 높이의 개인 사물함까지, 생활의 규격이 곧 규율이었다.

　밤 9시부터 10시까지 저녁 점호는 군대와 다름없었다. 사물함에 다리를 걸치고 머리를 책상 모서리에 대는 '원산폭격' 같은 얼차려는 공기 자체를 긴장으로 물들였다. 끝나고 나면 이마에 길게 홈이 잡히곤 했다. 그 와중에도 다행인 것이 있었다. 자정까지 도서관 공부가 허락되었다는 것. 나는 사투리가 심해 같은 호실 친구들조차 두 달이 지나서야 내 말을 제대로 알아듣곤 했다. 그래도 언어는 우정을 막지 못했다. 함께 생활한 시간은 서로를 이해하는 법을 가르쳤다.

　3학년에 올라가자 '사관반'이 꾸려졌다. 사관학교를 준비하는 학생들을 위해 국어 고문과 수학을 보충하는 특수반이었다. 마침 우리 기수부터는 대구의 유명 학원 강사 두 분이 초빙되었다. 국어는 김희윤 선생님, 수학은 윤상완 선생님. 윤 선생님은 사관반 담임을 맡아 우리를 넉넉히 이끌어 주셨다.

　그때 나는 같은 기계과의 김세태, 김철수를 권해 함께 사관반에 들어갔다. 그리고 어리숙하면서도 묘하게 뜨거운 약속을 했다. "육·해·공군 사관학교에 나란히 합격하고, 서른 해 뒤엔 정권을 잡자." 지금 돌이켜 보면 웃음이 나오는 모의였지만, 그 약속은 세 사람의 어깨를 나란히 묶어 주었다. 나는 두 친구의 공부를 도우며 사관학교 본고사와 학력고사를 함께 준비했다. 그렇게 우리는 3인방이 되었다.

철수는 대담한 성정의 친구였다. 밤에 월담해 술을 마시기도 했고, 소주 대병을 단숨에 비울 만큼 체력이 좋았다. 학교의 '짱'이라 불리기도 했다. 그 곁에서 나는 처음 술을 배웠고, 철수의 친구들과 어울리며 교실 밖의 세상도 조금 배웠다. 그래도 목표는 흐트러지지 않았다. 순수한 열정과 동지애가 각자의 길을 향한 발걸음을 단단히 잡아 주었다.

결국 나는 해군사관학교로, 세태는 금오공대로, 철수는 육군기술하사관을 거쳐 삼성전자에 자리 잡았다. 세월이 흘러 '서른 해 뒤'가 실제의 시간이 되었을 때, 우리는 약속을 실행하지는 못했다. 그러나 그 시절의 모의와 웃음, 서로의 등을 밀어 주던 감각은 사회의 굴곡마다 오래 버팀목이 되어 주었다.

규율로 다져진 틀 안에서 우리는 우정으로 중심을 지켰고, 그 순수했던 열정은 지금도 마음 한쪽을 따뜻하게 덥힌다.

> ⊙ **한 줄 나침반**
>
> 같은 방향을 본 시간은, 시간이 흘러도 버팀목으로 남는다.

3. 빠따 훈육

기숙사의 자치 활동은, 지금 돌아보면 미성숙한 아이들이 어른의 역할을 흉내 내던 위험한 놀이에 가까웠다. 1·2학년 저녁 점호는 공포 속에서 진행되는 일이 잦았다. 3학년 간부들의 체벌은 일상이었고, 자정이 넘어 만취한 선배가 내무반을 들이닥치는 날이면 폭력이 무작위로 휘몰아쳤다. 과별 체육대회 기간엔 긴장이 더 높아졌다. 다행히 나는 넓이뛰기 선수로 좋은 성적을 내며 잠깐씩 숨을 고를 수 있었다.

기숙사는 정성·정밀·정직 세 동으로 나뉘었고, 나는 기계과가 있는 정직동에 배정되었다. 전자과의 정밀동과는 늘 경쟁적이었다. 그 무렵, 이유는 흐릿하지만 3학년이 2학년 기계과 전원을 상대로 '줄 보고'를 진행한 일이 있었다. 2학년 120명이 3학년 120명 앞에서 차례로 보고를 하고 벌을 받는 방식이었다. '교육'이라는 명분이 붙었지만, 실상은 공포의 의식에 가까웠다. 사감 선생님은 월남전 참전 이력이 있는 태권도 교관 출신으로, 눈빛이 매서웠다. 시작 전, 구타는 금지한다는 엄명을 내렸다.

그런데 나는 그 순간, 오만함과 미성숙한 권위 의식에 사로잡혀 있었다. 이유도 또렷하지 않은 채 2학년 후배들에게 빠따를 한 대씩 휘둘렀다. 사감 선생님의 눈은 그 광경을 놓치지 않았다. 다음 순간, 나는 그분 앞에 서 있었다. 젊고 기운찬 손에서 내려온 매 한 대에 몸이 2~3미터를 날아가 바닥에 구를 만큼 충격은 거셌다. 정신을 수습할 틈도 없이 매가 이어졌고, 열두 대째에 이르러서야 기계과 3학년 전원이 무릎 꿇고 용서를 구해 그

만둘 수 있었다.

그 경험은 육체의 통증을 넘어 영혼을 흔드는 각성이었다. 우리가 저지른 '어른 흉내'가 얼마나 미성숙하고 폭력적이며, 결국 자기 자신에게도 해로운 일이었는지 그제야 분명해졌다. 그날 이후 나는 오만을 벗고 공부에 더욱 매달렸다. 혹독함은 나를 깎아내린 것이 아니라, 깨어나게 했다.

결국 우리 기수에서 4명이 사관학교에 합격했다. 명단에서 내 이름을 확인하던 순간, 사감 선생님의 준엄한 명령과 매서운 매질, 그 속에서 얻은 깨달음이 주마등처럼 스쳤다. 공포의 줄 보고와 빠따 훈육은 내게 미성숙의 그림자를 걷어 내고, 배움과 성장으로 나아갈 첫 문을 열어 주었다. 그 시절의 아픔은 훗날 어떤 고난 앞에서도 흔들리지 않게 해 준 단단함과 겸손으로 남았다. 고마웠습니다, 정동안 선생님.

ⓢ 한 줄 나침반

미성숙의 그림자를 벗기는 건 통증이 아니라 성찰이다.

4. 자체 심화 학습반

뜨거운 여름, 방학을 앞두고 우리는 또 한 번 병영 훈련의 관문을 지나야 했다. 1·2학년엔 안동의 36사단에서 볕 아래 땀을 말렸고, 3학년이 되자 전공에 따라 육·해·공군으로 갈라져 훈련을 받았다. 비행장이 대도시에 가까운 공군은 접근이 쉽고 군기가 상대적으로 느슨하다는 소문이 돌았고, 야간엔 대학 공부까지 가능하다는 말에 선망의 대상이었다. 나는 공군 티오를 받을 자격이 있었지만, 사관학교에 합격하면 그 기회를 잃게 될 걸 알았기에 양보했다. 결국 배정은 육군 방공포병. 빡빡한 3주를 마쳐야 비로소 여름방학이 시작됐다.

그러나 훈련이 끝나도 고민은 남았다. 집에 있어도 마음 편히 머물 자리가 마땅치 않았다. 사관반 친구 송종석, 김석한을 붙잡고 말했다. "그냥 집에 가기엔 아깝지 않나. 학교에 남아 집중해서 입시 준비하자." 둘은 흔쾌히 고개를 끄덕였고, 우리 셋의 '자체 심화 학습반'이 시작되었다. 낮에는 도서관에 틀어박혀 문제를 풀었다. 밤이 되면 불이 꺼질 때까지 책상에 앉아 시간을 쌓았다.

문제는 저녁이었다. 고3이라도 저녁은 쉽게 가라앉지 않았다. 우리의 묵시적 합의 아래, 해가 지면 구미 시내로 나갔다. 어느 날, 우스꽝스럽고도 절박한 내기를 했다. "30분 안에 여자 동행을 해 온 사람은 오늘 밥값 면제." 초조하게 거리를 훑다가, 멀리서 눈에 들어오는 사람이 있었다. 그 여성이 대전행 기차에 오르자, 망설일 틈도 없이 그대로 따라 탔다. 대전역 광장에 내려서야 겨우 말을 붙였다. 이름은 배은경, 금산 본가로 간다는 것. 내가 얻어낸 정보는 그 두 가지뿐이었고, 짧은 대화는 아쉬움의 손짓으로 끝났다.

남은 방학의 밤들, 나는 은경이 살 것이라 짐작한 송정동을 이 잡듯 헤맸다. 지금의 시청 자리엔 막 토목이 시작되었고, 초가집 몇 채가 모여 있던 오래된 풍경이 남아 있었다. 골목을 누비다 마침내 다시 만났다. 그러나 '같은 성씨'라는 엉뚱한 이유로 관계는 더 나아가지 못했다. 짝사랑은 그 자리에서 멈췄고, 나는 조용히 삼키는 법을 배웠다.

술 한 모금도 못 하던 내가, 동네 구멍가게 소주를 한 병 단숨에 비우고 비틀거리며 기숙사로 향하던 밤이 있었다. 취기에 발길이 엇나가, 학교 기숙사 맞은편에 있던 성안전자 기숙사로 잘못 들어갔다. 기억으론 312호, 여자 층이었다. 새벽 2시가 넘어 건물은 순식간에 소란으로 가득 찼다. 비명, 사감의 발걸음, 이어지는 신고. 공단파출소에 도착했을 땐 새벽 3시가 훌쩍 넘어 있었다. 나는 창고에 격리됐고, 진술은 다음 날로 미뤄졌다. 숙직실 문이 닫히는 소리를 들으며, 정신은 오락가락했다.

30분쯤 지났을까. 탈출해야겠다는 생각만 또렷했다. 어둠에 익숙해진 눈으로 창고를 훑다 일자 드라이버 하나를 찾았다. 높은 창문, 좁은 선반, 반대쪽으로 열리는 안전망. 빗물에 부식된 창틀의 약한 모서리를 감으로 짚어 드라이버를 밀어 넣었다. 삐걱, 작은 소리와 함께 희망이 생겼다. 몸을 겨우 구겨 바깥으로 빠져나왔다. 두 번째 난관은 외벽의 철망이었다. 바깥으로 휘어져 있어 여간해선 넘기 어려웠다. 파출소 입구 울타리와 건물 사이, 고양이나 지날 법한 틈으로 몸을 비집고 나왔다. 뒤돌아보니 내부는 고요했다. 뛰었다. 학교까지 3~4킬로미터, 새벽 5시에야 침상 위로

쓰러졌다.

 방학이 끝나고 친구들이 돌아오자, '공단파출소 탈출'은 단숨에 내무반의 화제가 되었다. 같은 내무반 박광희는 상황을 확인하겠다며 성안전자 기숙사의 고향 여자친구를 겨우 불러냈고, 이야기를 듣는 내내 웃음을 참느라 혼이 났다고, 영웅담처럼 떠벌렸다. 그 밤의 아찔함과 어이없음은 시간이 흐를수록 낭만으로 포장되었다. 우리 셋이 꾸린 '자체 심화 학습반'의 여름은 그렇게 웃음과 땀, 약간의 무모함으로 기억 속에 남았다.

(ⓢ) **한 줄 나침반**

 청춘의 무모함도, 방향을 잃지 않으면 기억이 된다.

5. 해방감

나의 학창 시절은 그 자체로 한 편의 드라마였다. 1·2학년 동안은 오롯이 공부에 매달렸다. 밤늦도록 도서관에 앉아 있다 기숙사로 돌아오면 친구들이 "깽깽이"라 부르며 웃곤 했다. 책상 앞에서 보낸 시간이 길었다는 뜻이었을 것이다. 기숙사 생활은 쉽지 않았지만, 대부분 어려운 형편 탓에 인문계와 서울대를 접고 이곳을 선택한 친구들이었기에 서로를 깊이 이해했다. 그 시절의 친구들은 '의리'라는 말을 몸으로 보여 준 사람들이었다. 누군가는 내게 '생도'라고 불렀다. 아마 기대의 다른 이름이었을 것이다.

3학년에 오르자 '3인방'—나와 철수, 세태—이 더 단단해졌다. 공부는 계속했고, 학교 '짱'이던 철수 덕에 가끔 담을 넘어 술을 배우며 교실 밖의 세계도 조금씩 알았다. 3학년 2학기엔 술자리가 잦았다. 그 경험들이, 공부에만 갇혀 있던 시야를 넓히는 창이 되기도 했다.

9월, 해군사관학교 본고사는 대구고에서 치러졌다. 지원은 나와 철수, 세태는 금오공대로 방향을 정한 뒤였다. 같은 고사장에서 시험을 보고 나온 철수가 말했다. "너는 붙고, 나는 떨어질 것 같다." 그땐 농담처럼 들렸지만, 지금 돌아보면 통찰에 가까웠다.

시험을 마친 우리는 해방감을 핑계로 캠프 헨리 축제를 찾았다. 기대와 달리 큰 재미를 느끼지 못했고, 결국 구미로 돌아와 단골 술집 문을 열었다. 새벽녘까지 다섯, 여섯 차례 술자리가 이어졌다. 긴장과 피로를 술로

씻어내던 밤이었다.

　돌아오는 길에 금오공대 후문 쪽으로 발길을 돌렸다. 길 옆으론 논밭이 펼쳐져 흙냄새가 짙었고, 큰길 아래 저지대엔 물이 고여 있었다. 나는 만취에 가까웠고, 철수는 그보다 정신이 남아 있었다. 그의 말에 따르면, 어느 순간 내가 사라졌고, 물 가득한 논바닥에서 허우적대는 나를 발견했다고 했다. 철수는 나를 건져 기숙사로 데려가 씻기고, 젖은 옷을 빨아 널어놓은 뒤에야 잠들었다고 했다.

　그 밤을 떠올리면 지금도 목이 말라 온다. 본고사 뒤의 에피소드는 살아 있음에 대한 감사로 남았다. 철수가 없었다면, 나는 어쩌면 여기에 없을지 모른다. 그 경험은 삶의 소중함을 다시 배우게 했고, 이후 찾아온 여러 고비를 넘길 힘이 되었다.

　학창 시절의 우정과 그 아련한 장면들은 오래된 버팀목이 되었다. 힘들 때마다 떠올리면 마음이 다시 중심을 찾았다. 함께였기에 버틸 수 있었고, 그래서 더 감사할 수 있었다. 그때 배운 건 단순했다. 삶에 대한 감사, 곁에 선 사람들에 대한 고마움. 지금도 그 두 가지가 내 걸음을 고르게 만든다.

（한 줄 나침반）

해방감의 끝에서 남는 것은 사람이다. 내 옆의 한 사람.

　　　　　　　　　　　　　　묻다, 어떻게 살아야 하는가?

6. 달구벌 향우회

몸은 기억을 오래 품는다. 내 오른쪽 다리가 그 증거다. 젊을 때는 왼쪽보다 5~6센티미터 가늘었고, 지금은 3~4센티미터 차이로 줄었지만 여전히 눈에 잡힌다. 두 다리 모두 세월을 따라 가늘어졌어도, 오른쪽은 한 장의 페이지처럼 내 청춘을 간직하고 있다.

금오공고 시절, 제주 향우회와 달구벌 향우회의 축구 시합이 있었다. 경기에 빠져든 순간, 오른쪽 무릎 뒤가 강하게 차였다. 공단병원에 일주일 입원했고, 사관학교 가입교를 한 달 앞두고 있던 터라 마음은 바짝 말랐다.

그 무렵 제주 향우회의 양대권은 열정이 지나치게 뜨거운 친구였다. 남자다운 기개로 무리를 이끌었고, 강렬한 인상을 남겼다. 사고는 상처를 남겼지만, 사람에 대한 기억도 함께 새겨 놓았다.

진해로 내려가 가입교 훈련에 들어갔을 때도 무릎은 불안했다. 이곳의 벌과 단련은 모두 뛰는 것으로 표현됐다. 호국사 앞 108계단, 이인호 동상 뒤편의 독립수… 뜀박질의 성지들이었다. 아침마다 오른쪽 무릎은 부어올랐고, 포기를 떠올린 날도 많았다. 그러나 훈련이 시작되면 이상하리만치 통증을 잊었다. 그렇게 달리고 또 달려 입교 훈련을 마쳤다.

이후 생도 시절과 임관 뒤에도 큰 불편은 없었다. 다만 몸은 종종 옛날을 상기시켰다. 오른쪽에서 뜨끔거리는 신호가 오면, 그날의 필름이 잠시 돌아갔다. 내 다리의 비대칭은 단순한 차이가 아니라, 청춘의 각인처럼 느껴졌다.

그 시절 가장 따뜻한 기억은 달구벌 향우회의 봄나들이였다. 1979~1980
년, 지도교사는 수학의 김종헌 선생님. 우리는 대구 지산초등학교 범물분
교를 찾았다. 대덕산 속 작은 분교, 전교생은 다섯, 여섯 명 남짓. 아이들
과 놀고 책을 읽어 주고, 준비해 간 다과를 나눴다. 분교 선생님은 남자 선
생님이었고, 그분의 두 자녀도 그 학교 학생이었다.

우리는 도서와 학용품을 모아 전달했다. 3학년이 되어 회장을 맡았을
때, 더 많은 책을 모았다. 기숙사를 돌며 기증을 요청하고, 손수 상자를 챙
겼다. 작은 손들이 책을 받아 들며 환하게 웃던 얼굴이 지금도 마음을 데
운다. 힘겨운 기숙사와 혹독한 자치의 시간 속에서도, 향우회 활동은 의
리와 정을 배우는 자리였다. 그 연결은 졸업 뒤에도 이어져, 사회에서 서
로의 등을 받쳐 주는 보이지 않는 끈이 되었다.

오른쪽 다리의 얇은 윤곽처럼, 몸에 남은 흔적은 때로 아픔을 기억시키
지만, 그 안에는 고난을 이겨 낸 단단함과 함께, 연대와 온기의 결도 깊게
배어 있다. 나는 그 결을 따라 지금도 마음의 균형을 잡는다.

⟲ 한 줄 나침반

상처는 통증을 남기지만, 사람은 온기를 남긴다.

규율은 모양을 만들고, 연결은 의미를 만든다. 나는 그 둘 사이에서 단련되었다. 백열등 아래를 지키던 밤의 마음, 먼 곳에서 도착한 짧은 편지, 함께 달리자고 손을 내밀던 친구의 숨결, 산중 분교에서 책을 건네던 햇빛. 그 장면들이 내 중심을 잃지 않게 했다.

3부에서 바다는 더 가까워지고 임무는 더 무거워진다. 그래도 안다. 오래 버티는 힘은 언제나 사람에게서 온다는 것을.

3부

인터내셔널 젠틀맨 교육

바다는 가까워졌고, 임무는 이름을 얻었다. 호명되는 자리, 맡겨진 장비, 함께 선 동료들의 숨. 책임은 혼자가 아니라는 사실에서 시작되었다. 3부는 내 어깨에 얹힌 무게와, 그 무게를 함께 들어 올리던 손들에 대한 기록이다. 규율은 형태를 주었고, 연대는 방향을 주었다. 나는 그 사이에서 흔들림을 견디는 법을 배웠다.

묻다, 어떻게 살아야 하는가?

1. 진해 입성

1981년 12월 말, 금오산 정상에 하얗게 눈이 앉았다. 그 산은 단순한 봉우리가 아니었다. 내 소년기의 침묵을 지켜 준 증인이자, 수많은 이들의 기상을 품은 어머니의 품 같은 곳이었다. 겨울 공기 속 통신탑들은 신호등처럼 빛났고, 대구 쪽에서 바라본 능선은 누운 여인의 얼굴 같았다. 세 해 동안의 고민과 설렘, 숨겨 둔 꿈들이 금오산의 품에 고스란히 남아 있었다.

해군사관학교 가입교일은 1982년 1월 29일. 그날은 유년과의 이별, 어른으로 나아가는 통과의례였다. 겨울방학이 시작되자 친구들과 작별을 서둘렀다. 졸업식도 미처 치르지 못한 채, 구미공단 버스정류장으로 발길을 옮겼다. 마지막으로 뒤돌아본 금오산 정상은 백옥처럼 빛나는 눈으로 덮여 있었고, 햇살을 받아 반짝였다. 한 걸음 떼면 풍경은 한 뼘 멀어졌다. 가슴 한편이 조용히 저렸다. 소년기가 저물고 있었다.

진해로 향하는 길은 낯설고 불안한 설렘으로 이어졌다. 다음 날 아침 8시 입교를 위해 전날 저녁엔 진해 땅을 밟아야 했다. 연고 하나 없던 도시였지만, 해군기술하사관으로 근무하던 금오공고 선배들이 있었다. 해군종합기술학교를 찾아가 만난 3기 기계과 선배—아마 김주학 선배님—는 7기 후배가 해사에 합격해 입교하러 왔다는 소식에 반갑게 문을 열어 주셨다. 따뜻한 잠자리, 든든한 식사, 짧지만 깊은 조언. 낯선 도시에 내밀어진 한 줄기 빛이었다.

그분은 임관 4년 차의 고참이었고, 전역을 한 해 앞두고 있었다. 가입교 특별훈련과 1학년의 '바텀' 생활이 시작되자 마음의 여유는 사라졌고, 한 번 찾아뵙겠다는 다짐은 끝내 실행으로 이어지지 못했다. 그 아쉬움은 지금도 오래 남아 있다.

1월 29일 아침, 해군사관학교 대운동장에 도열했다. 겨울 공기는 차고, 긴장감은 팽팽했다. 사복 차림의 212명이 기숙사 앞 계단에서 기념사진을 찍었다. 3중대 배치, 군복으로 환복, 그리고 첫 이발. 사제의 때를 벗고 같은 복장, 같은 머리. 얼굴들이 유난히 닮아 보였다. 그 순간 비로소 실감했다. 바다를 지키는 공동체의 일원이 되었다는 것을. 금오산의 품을 떠나, 수평선 쪽으로 첫 발을 내디뎠다. 차가운 바람, 눈부신 햇살, 벅차오르던 가슴. 그날의 감각은 내 삶의 이정표가 되었다. 더 넓은 책임으로, 더 단단한 연대로 나아갈 시간이었다.

⊙ **한 줄 나침반**

떠나는 데는 용기가 필요하고, 맞이하는 데는 연대가 필요하다.

    묻다, 어떻게 살아야 하는가?

2. 가입교

해군사관학교의 문을 두드린 예비생도는 정식 입학에 앞서 하나의 관문을 지난다. '가입교 특별훈련'. 신분의 전환을 준비하는 통과의례였다. 목적은 분명했다. 강도 높은 훈련으로 정신력과 체력을 세우고, 군인으로서의 복종과 동기들과의 협동을 몸에 새기며, 규율·명예·필승의 정신을 심는 것. 흔들림 없이 새로운 신분으로 넘어가기 위한 다짐의 시간이었다.

훈련은 네 단계로 나뉘었다. 복종, 인내·극기, 필승, 명예. 초반엔 신체·인성검사로 최종 입교 여부를 가렸고, 일부는 훈련 전에 귀가했다. 중반엔 정훈교육, 집총 제식, 전투수영, 야전교육으로 군인의 기틀을 다졌다. 후반엔 체력검정과 장거리 행군, IBS 훈련으로 협동을 끌어올렸고, 마지막엔 오랜 전통의 '옥포만 의식'으로 정신을 다잡았다. 우리 기수는 이 과정에서 20퍼센트 남짓, 마흔여 명이 자의 혹은 타의로 탈락했다.

그중에서도 옥포만 의식은 잊히지 않는다. 자정 무렵, 삭풍이 서릿발처럼 매서운 2월의 바다에 입수한다. 처음엔 온몸이 얼고, 이가 떨렸다. 시간이 지나면 묘하게 물에 적응하며 체온이 돌아오는 순간이 온다. 그때 조교의 지시는 예상을 넘어선다. 노래를 부르고, 앉았다 일어서기를 반복한다. 다시 연병장으로 이동해 바람을 정면으로 맞는다. 몸은 금세 말라가지만, 추위는 더 깊어진다. 손가락과 발가락 사이까지 벌려 바람길을 만들라는 지시가 떨어지면, 숨이 굳어 말이 나오지 않는다. 그 끝에서 러닝 하나를 건네받는다. 천 한 장의 온기가 그토록 경이로울 수 있다는 걸, 그날 처음 알았다. 지금도 '옥포탕'을 떠올리면 가장 먼저 되살아나는 것은 그 러닝의 따뜻함이다. '지옥주'의 천자봉 완전무장 구보 또한 각인처럼 남았다.

훈련이 끝나고 입학식 날은 다른 의미로 놀라웠다. 부모님들이 정성껏 마련한 통닭, 찰밥, 빵과 과일, 콜라가 산처럼 쌓였다. 동기들은 5~6인분에 달할 먹거리를 말 그대로 쓸어 담았다. 나는 별도 준비 없이 오신 부모님과 함께 친구들을 찾아다니며 인사를 나눴고, 친구네가 가져온 음식을 함께 나눴다. 부끄럽지 않았다. 내 가족을 동기 가족에게 소개하는 일이 오히려 자랑스러웠다. 그 자리는 이미 하나의 '우리'가 되어 있었다.

개인적으로 가입교 훈련은 특별히 버겁지 않았다. 금오공고에서 3년간 익힌 규율과 단련이 몸에 남아 있었기 때문이다. 구보나 완전무장을 할 때, 숨이 찬 동기의 소총을 대신 들어 두 정을 어깨에 메고 함께 달린 날들이 떠오른다. 책임은 내 몸을 더 쓰게 만들었고, 연대는 내 어깨를 더 넓게 했다.

그렇게 특별훈련을 수료한 우리는 비로소 1학년, '바탕'으로 첫발을 내디뎠다. 이 과정은 신입생 오리엔테이션이 아니었다. 일반인에서 군인으로, 그리고 미래의 해군 장교로 나아가기 위해 필요한 것들을 압축해 겪게 하는 훈련이었다. 옥포만의 극한에서 건네받은 러닝 한 장의 따뜻함처럼, 육체의 고통 속에서도 작은 위안과 동기애의 가치를 배우며, 이후의 생도 생활을 떠받칠 기초를 다졌다.

ⓣ 한 줄 나침반

천 한 장의 온기도, 함께일 때 더 따뜻해진다.

3. 인명구조원

해군사관학교의 여름 전투수영은 단순한 체력 단련이 아니었다. 바다
와 호흡을 맞추고, 물 위에서 함께 움직이는 법을 배우는 훈련이었다. 옥
포만에서의 원영은 특히 잊히지 않는다. 내게는 '맥주병'에서 '인명구조원'
으로 건너간, 극적인 전환의 기록이다.

1학년 여름, 나는 수영을 전혀 못 하는 4급반, 이른바 '맥주병반'에 배정
되었다. 기초훈련 닷새를 지나 맞이한 백미는 원영 훈련. 옥포만 앞바다,
서도를 한 바퀴 도는 5킬로미터였다. 대형은 6열, 중대별로 오와 열을 맞

쳐 물 위를 행진하듯 나아갔다. 우리 옆에는 인명구조원 선배들이 나란히 붙어 안전을 지켜 주었다. 휴식 신호가 떨어지면 배영으로 떠서 숨을 고르고, 사과와 사탕을 받아 물과 함께 삼켰다. 바닷물 맛이 뒤섞인 사과의 단맛은 지금도 별맛으로 남아 있다.

가장 거센 구간은 서도를 도는 지점이었다. 표층과 해저의 흐름이 엇갈렸고, 수온도 달라졌다. 물살이 휘몰아칠 때면 등줄기를 타고 서늘함이 올라왔다. 종착은 연병장 경사면. 발을 디디는 순간, 눈앞이 하얘졌다. 경사면 아래로 가라앉으려는 몸을 옆의 선배가 끌어 올려 주었다. 그 손을 붙잡고 간신히 피니시 라인을 넘었다. 안도와 고마움이 한꺼번에 밀려왔다. 연대는 그날, 손의 감각으로 각인되었다.

2학년이 되자 나는 1급반으로 올라갔고, 인명구조원 응시반에서 훈련을 받았다. 자격을 얻은 뒤 다시 맞은 원영은 전혀 다른 풍경이었다. 물속에서 몸이 가벼웠고, 시야가 넓었다. 1학년의 고통이 무색할 만큼, 바다와 가까워졌다는 확신이 들었다.

그런데 4학년의 원영은 뜻밖이었다. 맡아 돌볼 '맥주병' 후배도 없었고, 대형만 유지하며 수영하면 되는 날이었는데, 나는 낙오 직전까지 밀려났다. 그때 알았다. 긴장감이 빠진 자리엔 자만이 들어앉는다는 것을. 1학년의 두려움보다 4학년의 방심이 더 위험했다. 자격증은 배지를 달아 주었지만, 겸손은 스스로 챙겨야 한다는 걸 몸으로 배웠다.

옥포만의 전투수영은 내게 한 권의 압축판이었다. 못하던 내가 구조원이 되기까지의 건너감, 그리고 방심의 경고까지. 책임은 내 팔꿈치를 더 크게 쓰게 했고, 연대는 물 위에서 서로의 호흡을 맞추게 했다. 바다와 함께 성장하며 한계를 넘어설 때, 가장 먼저 배운 건 겸손이었다. 그 배움이 나를 더 단단한 해군 장교로 데려다주었다.

🧭 한 줄 나침반

물은 방심을 용서하지 않는다. 책임은 언제나 지금, 내 팔에 있다.

4. 특별훈련

　여름방학을 앞둔 특별훈련은 단순한 교육을 넘어, 장교로서의 정체성을 세우고 바다와 호흡을 맞추는 시간이었다. 매 학년 다른 훈련을 통해 우리는 더 단단해졌고, 그중 3학년의 연안실습은 지금도 선명하다.

　1학년, 포항 해병대 교육훈련단에서 4주를 보냈다. 전투사격과 유격, 상륙기습과 공중돌격, 산악 기초훈련까지, 한계는 매일 새로 갱신되었다. 볕 아래 흘려보낸 땀은 빗줄기처럼 흘렀고, 동료의 속도에 호흡을 맞추는 법을 배웠다. 미 해병대 '캠프 무적' 방문에선 연합작전의 의미를 가까이서 보았다. 강인함은 근육만이 아니라, 서로를 바라보는 시선에서 나온다는 걸 그때 어렴풋이 알았다.

　2학년은 함정 근무 체험과 해양 체육 실습으로 기본 소양을 다졌다. 함대 소속 함정에서 함께 생활하며 전투 배치에 들어가고, 당직을 서며 주변 해역의 변화를 읽었다. 정비와 보수에 손을 보태며, 배는 단지 '움직이는 철'이 아니라 '사람들의 손'으로 유지된다는 걸 배웠다. 해사에서 단정과 요트를 배우며 바람의 결을 읽고, 차가운 바다에서 서로를 구조하는 훈련으로 생존의 연대를 익혔다.

　3학년, 우리는 연안실습을 위해 상륙함 수영함과 운봉함에 승선했다. 나는 수영함 1중대 중대장 생도로서, 운봉함과 함께 동해에서 남해, 서해 백령도까지 연안을 돌았다. 항해 중엔 전투 배치, 연안 항해, 사격, 항해 당직 등 실무 훈련이 이어졌다. 목적은 분명했다. 해양 수호 의지를 다지고, 초급 장교에게 필요한 실무를 몸에 붙이는 것, 그리고 연합작전에 대한 이해를 높이는 것.

그 실습에서 가장 진하게 남은 장면은 독도 상륙이었다. 그날 바다는 거울처럼 잔잔했다. 조건은 완벽해 보였다. 수영함과 운봉함에서 상륙정(LCM) 각 한 척씩, 두 차례 왕복 계획. 나는 4개 소대를 2개 그룹으로 나누어 1·4소대를 먼저 태웠다. 그런데 1·4소대가 입도하자마자 바다가 일렁이기 시작했다. 순식간에 파도가 높아져 접안이 불가해졌고, 2·3소대는 결국 상륙을 포기해야 했다. 나 또한 땅을 밟지 못했다. 같은 처지였다는 사실이 미안함을 조금 덜어 주었지만, 지휘 책임의 무게는 오래 남았다. 예측 불가능한 바다, 그리고 순간의 의사결정. 천운이 있어야 문이 열린다는 말을, 그날의 수면에서 배웠다.

목포항 외출의 해프닝도 잊기 어렵다. 호실 네 명이 택시를 타고 시내로 향하는 길, 기사님은 그날이 목포해양전문대학교 졸업식이라며 '재미난 곳'을 추천했다. 우리가 해사 생도라는 사실을 모른 채 졸업생으로 착각한 듯했다. 우리는 순간의 일탈에 마음이 기울었고, 금단의 문턱을 넘었다. 경험이 서툴렀던 나는 어색한 순간에 당황해, 옆자리에 있던 분에게 상처를 내고 말았다. 그분은 피를 흘리며 뛰어나갔고, 나 역시 황급히 가게를 빠져나왔다. 짧고 아찔한 순간이었다. 지금 생각하면 얼굴에 웃음이 번지지만, 그때의 당혹감과 부끄러움은 분명 성장의 표식이 되었다. 규율은 경계로만 남는 게 아니라, 넘어 볼 유혹 앞에서 더 또렷해진다는 것 또한.

특별훈련은 결국 나를 압축해서 보여 준 한 권의 교본이었다. 바다 위의 도전과 좌절, 변덕스러운 조건 속에서의 책임, 그리고 예상치 못한 일탈이 남긴 성찰. 우리는 그 사이에서 자랐다. 장교로서의 책임감과 한 사람으로서의 성숙. 그 둘을 동시에 배우며, 앞으로의 임무 앞에 다시 마음을 고르게 했다.

(🧭) **한 줄 나침반**

바다는 늘 변한다. 책임은 그래서 늘 현재형이다.

  묻다, 어떻게 살아야 하는가?

5. 부라보콘

생도의 하루는 늘 긴장과 규율로 팽팽했다. 그 속에서 배고픔은 그림자처럼 따라왔다. 몸을 혹사시키는 훈련과 학업의 반복, 성장기의 허기는 쉽게 잦아들지 않았다. 그래서 먹는 일은 작은 일탈이자 가장 큰 위안이었다.

주말 외출은 허기를 풀 수 있는 기회였다. '상륙'이 허락되면 정해진 코스처럼 발길이 움직였다. 첫 목적지는 대개 '서울통닭'. 뜨끈한 삼계탕이 우리를 맞았다. 뽀얀 국물, 푹 고아진 닭 한 그릇이면 수요일까지는 버틴다는 말이 괜히 나온 게 아니었다. 그릇을 비우고 나서야 온몸에 기운이 돌아왔다. 단지 음식이 아니라, 한 주를 견디게 하는 위안이었다.

배를 채우고 나면 '진해 제과점'으로 향했다. 외출을 못 한 동기들에게 야식을 사 가는 건 일종의 의례였다. 진열장 앞에서 고르는 빵과 케이크들은 작은 사치이자, 동기애를 표현하는 방식이었다. 그 집에는 딸이 다섯이고, 모두 해사 선배와 연을 맺었다는 이야기가 전설처럼 내려왔다. 이름처럼 빵맛이 더 좋다고 느꼈던 '백장미 제과점'도 즐겨 찾았다.

주중 목요일 밤엔 각 중대의 기수가 통닭과 빵을 몰래 반입했다. 어둠 속에서 나누어 먹는 한 조각의 통닭, 한 입의 빵은 고급 식당의 식사보다 소중했다. 그 시간은 고단함을 잊고, 서로의 안부를 확인하는 짧은 연대의 의식이었다.

어느 주말, 외출을 나가지 못한 채 호국사 앞 계단에 앉았다. 광주 출신 동기 장성원과 무료함과 허기가 뒤섞인 채로 엉뚱한 내기를 했다. "부라보콘 많이 먹기 시합, 갈래?" 우리는 매점에서 한 박스씩—개당 12개—사 들고 계단으로 돌아왔다. 차가운 달콤함은 처음엔 해방감처럼 느껴졌다. 개수를 세며 묵묵히 먹었다. 단맛은 곧 머리를 찌르는 냉기로 바뀌었다. 성원은 9개에서 멈췄다. 나는 11개째에서 멈춰 섰다. 마지막 하나를 들었지만, 내장이 얼어붙는 듯해 도저히 더는 삼킬 수 없었다. 무모하고 어리숙한 내기였지만, 어쩌면 그날의 부라보콘은 외출 대신 쌓인 답답함을 풀기 위한 발버둥이었을 것이다.

통증은 오래가지 않았다. 그러나 기억은 또렷했다. 아이스크림 냉동고 앞에서 손이 가던 건 늘 부라보콘이었다. 통닭과 삼계탕, 제과점의 빵들도 그립다. 그 음식들은 허기를 달래는 것을 넘어, 우리에게 동지애와 연대의 시간을 건네주었다. 특별훈련의 고단함 사이사이에 피어난 소소한 일상이 내 삶을 풍요롭게 만들었다. 돌아보면, 그 순간들이 모여 내 청춘의 '화양연화'를 이루었다.

> ⊙ **한 줄 나침반**

먹는 일은 허기를 채우는 걸 넘어, 서로를 잇는 일이다.

6. 자체 특강

해군사관학교의 4년은 학문을 배우는 시간을 넘어, 장교의 기틀을 세우고 서로 기대어 성장하는 과정이었다. 정규 교과로 지식을 쌓고, 생활관과 훈련으로 군 조직을 몸에 새기는 이 이중의 축이 생도들의 삶을 지탱했다. 1982년 무렵 교육과정은 이학사·공학사 중심으로 운영되었고, 나는 그 한가운데에서 기계공학에 깊숙이 몰입했다.

금오공고 기계과에서 다진 바탕 덕분이었을까. 기계공학은 즐거웠다. 복잡한 원리를 해부하고, 그것이 어떻게 함정의 움직임으로 구현되는지 연결해 보는 일은 늘 설렜다. 성적도 안정적이었고, 과 수석을 자주 놓치지 않았다. 하지만 모든 동기가 같은 속도로 따라올 수는 없었다. 인문계 출신 동기들에겐 기계공학이 높은 벽처럼 느껴지는 일이 잦았다. 나는 자연스레 손을 내밀었다.

처음엔 시험 직전에 전공 핵심을 요약해 나누어 주었다. 개념과 공식, 간단한 예상문제를 추려 만든 쪽지였다. 곧 방식은 달라졌다. 시험 전 주말이면 교회나 성당에 삼삼오오 모였다. 칠판 대신 빈 노트를 펴고, 교수님의 강의실 대신 편안한 공간에서 '자체 특강'이 열렸다. 동기들은 "쉽게 잘 가르친다"고 고마움을 표현했지만, 나는 알았다. 그 말이 교수님들의 깊이를 대신할 수 없다는 것을. 다만 급박한 순간에 서로 기대는 법을 배우는 자리라는 것을.

그 무렵, 서○○ 생도는 유독 기계공학에 어려움을 겪었다. 한 학기에

'권총'을 한두 개 차는 일이 반복될 만큼 벼랑 끝이었다. 당시 나는 과대표였고, 그의 사정을 모른 척할 수 없었다. 교수부장과 기계과 교수님들을 찾아다니며, 그의 노력을 설명하고 다른 장점을 부각해 선처를 청했다. 다행히 문은 닫히지 않았다. 그는 퇴학을 면하고 졸업까지 버텼다.

서○○ 생도에겐 뚜렷한 강점이 있었다. 영어였다. 그는 다른 과목을 포기하다시피 하면서도 영어만큼은 악착같이 붙들었다. 그 재능은 졸업 후 진로로도 이어졌다. 지금 돌아봐도, 공동의 목표와 무관하게 개인 선호만을 앞세운 선택은 쉽게 옹호하기 어렵다. 장교에게 필요한 기본 소양과 전문성은 어느 하나 가볍지 않기 때문이다. 그럼에도 그는 자신의 강점을 살려 끝내 졸업을 이루었다. 끈기와 노력이 만든 결과였다. 나는 그의 결정을 온전히 지지하진 못했지만, 버틴 시간만큼은 존중한다.

'시험 전 특강'은 짧았지만, 우의를 단단히 묶었다. 쌓이는 피로 속에서 서로를 돕고 지지하며, 난관을 함께 넘는 일은 교과서로 배울 수 없는 배움이었다. 시험이 끝나면 함께 웃고, 때로는 아쉬워하며 다음을 기약했다. 교회와 성당의 긴 벤치, 스탠드 조명 아래 번지던 그림자, 문제를 이해했을 때 터지던 작은 탄성들, 시험 뒤의 홀가분한 미소까지—그 장면들은 지금도 선명하다.

해군사관학교는 단지 교육기관이 아니었다. 미래 장교를 키우는 요람이자, 동료애를 배우는 삶의 학교였다. 기계공학의 공식 너머로, 서로의 어깨가 되어 주는 법을 배웠다. 함께 목표를 향해 발을 맞추는 일이 어떤 힘을 만들어 내는지, 그때 알았다. 그 시간들이 모여 지금의 나를 만들었다. '기계공학 시험 전 자체 특강'은 학업 보조가 아니라, 우리가 함께 써 내려간 청춘의 한 페이지였다.

지식은 혼자 쌓을 수 있어도, 길은 함께 건너야 흔들리지 않는다.

7. 명예중대 중대기수

사관학교의 중대기는 천 조각이 아니었다. 땀과 훈련, 희생과 연대의 시간이 결을 이루어 서 있는 표식이었다. 그 깃발을 들고 행진하는 기수는 중대의 정체성과 명예를 앞에서 견인하는 사람, 대열의 호흡을 한 몸으로 묶는 사람이다. 공식 행사에서 깃발을 조율하는 손끝 하나에도, 중대의 기강과 절도가 그대로 드러났다.

이 직책은 대개 3학년에게 맡겨졌다. 명예와 책임이 함께 얹히는 자리. 중대장을 보필하며 군기를 세우고, 퍼레이드에서는 맨 앞에서 호령에 맞춰 깃발을 살리고 죽였다. 후배들에게는 때로 '저승사자'처럼 보였을지 모른다. 규율을 지키게 하는 상징이 그 어깨에 얹혀 있었기 때문이다. 그러나 그 무게는 결국, 리더십을 배우고 책임을 체화하는 기회였다. 전장에서 깃발이 곧 생명이었던 시간들이 증언하듯, 기수의 의미는 지금도 깊다.

그 가운데서도 '명예중대 중대기수'는 특별했다. 한 해 동안의 각종 대회와 행사 성적을 합산해 선발된 최고의 중대, 그 깃발을 앞세워 대열의 맨 선두를 걷는 특권. 색으로 구분된 명예중대기를 들고 전 생도의 앞을 지나갈 때, 나는 키가 중대에서 가장 작은 편이었지만 마음만은 가장 앞에 서 있었다. 깃발의 무게가 팔을 타고 어깨로, 가슴으로 올라올수록, 동료들의 땀과 호흡이 한 몸처럼 느껴졌다. 그 순간은 단지 '드는 행위'가 아니라, 우리가 함께 쌓아 올린 시간을 대표해 '서는 일'이었다. 내 생도 시절의 정점이었다.

지도는 주로 저녁 점호 뒤에 이어졌다. 명예중대 선발 같은 큰 행사를 앞두면 비공식 집합이 있었고, 호국사 앞은 곧잘 '악마의 계단'이 되었다. 108계단을 오르내리는 선착순은 체력 단련이자 의지 훈련이었다. 솔직히 말하면, 그중엔 열정이 과열되어 지나친 얼차려가 섞인 날도 있었다. 그때는 군기를 세운다는 명분이 모든 걸 덮는 듯 보였지만, 지금 돌아보면 누군가에게는 긴 겨울바람이었을 것이다. 그 마음을 이제야 헤아리며, 미안함을 전한다.

나는 오래도록 한 가지를 붙들었다. 모든 훈련을 '나를 단련하는 고마운 운동'으로 받아들이자는 것. 가입교의 혹한, 특별훈련의 구보, 선착순의 고빗길에서도, 그 생각은 나를 무너지지 않게 했다. 그러나 각자의 체력과 사정은 달랐고, 그때의 엄격함이 과했을 수도 있음을 인정한다. 리더십은 강함만이 아니라, 강함을 어디까지 쓸지 아는 절제에서 더 또렷해진다.

명예중대 중대기수로 선 시간은 내 안의 기준을 높였다. 명예를 앞에 세우는 법, 동료들과 보조를 맞추는 법, 후배를 단련시키되 존엄을 잃지 않게 붙드는 법. 그날의 깃발은 내 어깨를 넓혔고, 지금도 어려움 앞에서 등을 펴게 해 준다. 깃발은 여전히 바람을 타고, 나는 그 바람의 결을 잊지 않는다.

깃발의 무게는 천의 무게가 아니라, 우리가 함께 올린 시간의 무게다.

8. 원양실습

해군사관학교 훈련의 정점, 졸업을 앞둔 4학년에게 주어지는 원양실습—순항훈련은 단순한 교육이 아니었다. 꿈과 도전의 뜨거운 여정이었다. 1중대는 충북함(DD-915), 2중대는 강원함(DD-917)에 나뉘어 승선했다. 충북함은 2차 세계대전에 참전했던 기어링급 구축함. 낡고 거친 갑판 위에서 우리는 예비 해군 소위로서의 첫걸음을 뗐다.

출항 직후 맞닥뜨린 첫 현실은 '물'이었다. 담수는 엄격히 배급되었다. 사용 시간과 양이 정해졌고, 하정복은 늘 흰빛을 유지해야 했다. 카키 근무복도 예외가 없었다. 하루를 마치면 각자에게 배정된 물 한 바가지로 세수와 세면, 빨래까지 끝내야 했다. 차가운 물을 아껴 몸에 끼얹으며 머릿속은 다음 복장 검사를 통과해야 한다는 생각으로 가득했다.

가장 치열한 시간은 하정복 빨래와 다림질이었다. 빨래는 그나마 해냈다. 문제는 건조와 다림질이었다. 장교 일상을 방해하지 않으면서 잘 마르는 자리를 선점하는 일, 겹치지 않게 밤을 쪼개 다리미를 잡는 일. 치이익 하고 스치는 소리는 고단함의 언어였다. 칼같이 선 주름은 우리의 꼿꼿한 자존심이었다. 물 한 방울, 땀 한 방울, 주름 한 줄까지 스스로의 책임이었다.

그 고됨을 잊게 해 주는 건 기항지 상륙이었다. 공식 환영·공개 행사를 마치고 허락된 자유. 첫 기항지 마닐라에서 우리는 리잘파크를 거닐었다. 친절히 안내를 자청한 현지 청년 커플과 시내를 누비며 사진을 남겼다.

귀함 시간이 다가올 즈음, 그들이 사진기 가방을 들고 사라졌다. 웃음이 담긴 사진과 마닐라의 빛도 함께 사라졌다. 상실은 물건을 넘어 믿음의 결을 흔들었다.

태국에선 다른 결이 남았다. 수상시장의 소란과 뱀과 사진 찍던 장난스러움, 그리고 주재 국방무관 댁의 고요함. 공군 대령이던 무관은 우리를 따뜻이 맞이했다. 수영장이 딸린 단독 주택, 이국의 소품, 사모님이 우려 주신 차 한 잔. 바닷물의 짠내가 아닌, 평온과 품위의 공기. 그날 나는 해외 주재 국방무관을 꿈꾸었다. 훗날 일본 주재 해군무관 기회를 스스로 내려놓았던 선택은 지금도 아쉬움으로 남는다. 그만큼 그날의 감응은 깊었다.

여러 항을 돌아 도착한 말레이시아 클랑항에서는 뜻밖의 선물을 받았다. 기항지 행사에서 좋은 성적으로 상장과 상품을 받았다. 낯선 항구에서 받는 인정은 단지 한 장의 상장 이상의 의미였다. 거친 파도, 한정된 물, 밤마다 이어진 다림질의 숨결이 모두 확인받는 순간이었다. 그 짜릿한 성취는 지금도 가슴을 두드린다.

순항훈련은 6개국 7개 항을 찍는 일정표가 아니었다. 거친 물살을 헤치는 용기, 제한된 자원을 아껴 쓰는 지혜, 상실 이후 다시 일어서는 마음을 배우는 과정이었다. 물 한 바가지의 의미는 욕실을 넘어 삶의 태도로 번졌다. 주어진 것을 소중히 여기고, 어떤 상황에서도 자신을 단정히 세우는 책임감. 예비 소위의 첫걸음 앞에서, 순항훈련은 등대처럼 길을 밝혀 주었다. 40년이 흐른 지금도, 그 빛은 내 안에서 흐릿해지지 않는다.

> 🕐 **한 줄 나침반**

물 한 바가지는 생활의 규칙이었고, 나를 세우는 책임이었다.

9. 졸업 전의 에피소드

사관학교의 시간은 늘 예측 불가능한 도전으로 채워졌다. 가입교를 넘어 정식 1학년이 되자 우리는 '세병관'에 입주했다. 동시에, 우리와 자리를 맞바꾼 선배들은 임관을 앞두고 특별 소대로 편성되어 마지막 여정을 시작했다.

졸업을 일주일 앞둔 시점에도 다섯 명이 퇴교되는 사건이 있었다. 규율은 끝까지 예외가 없다는 사실을, 냉정하게 일깨워 준 날이었다.

그럼에도 묵시적인 불문율은 있었다. 졸업 전에 '포경수술'을 마치는 관행. 주말 외출로 민간 병원을 찾는 이도 있었고, 의무실에서 군의관에게 맡기는 이도 있었다. 나는 후자였다. 많은 이들이 그렇게 하듯, 그저 '졸업

전에 해야 할 일' 정도로 여겼다. 진짜 관문은 수술 이후에 시작되었다.

졸업식 준비는 매일 연병장에서 진행됐다. 퍼레이드 연습이 기본, 수상자는 단상 오르내리기 동선까지 반복했다. 통증 덕에 걷는 일조차 쉽지 않았고, 계단을 오르내릴 때마다 바늘 끝이 살을 베고 지나가는 듯했다.

새벽 기상은 특히 고역이었다. 몸을 일으키는 순간 실이 당기며 날카로운 통증이 치고 들어왔고, 피가 배어 나오는 걸 확인한 채로 연병장에 섰다. 그럼에도 훈련은 멈추지 않았다. 한 걸음, 또 한 걸음. 얼굴에 고통이 스쳤지만, 누구에게도 내색하지 않았다. 그 시간의 질서는 개인의 사정보다 큰 행사에 맞춰져 있었다.

마침내 졸업식 날, 해군사관학교 40기의 행사가 거행되었다. 버텨 온 시간들이 주마등처럼 흘렀다. 나는 국방부장관상을 수상했고, 단상에서 상을 받는 순간에도 통증은 여전했다. 이상하게도 그 고통마저 졸업의 일부처럼 느껴졌다. 한계를 넘는 과정이 남기는 표식, 그에 가까운 감각이었다.

이 에피소드는 사관학교가 지식과 훈련만으로 완성되지 않는다는 사실을 다시 확인시켰다. 예기치 못한 개인적 고통까지도 함께 건너야 하는 곳. 그러나 그 과정을 통해 우리는 강인함을 몸에 새겼다. '명예중대 중대 기수'로 섰던 책임의 기억과 겹쳐, 졸업 직전의 이 시간은 생도 생활의 마지막을 장식하는 특별한 장면으로 남았다. 통증은 지나갔지만, 그때의 마음가짐은 지금도 등을 곧게 세워 준다. 목표를 향해 끝까지 보폭을 잃지 않는 법—그때 배웠다.

(🕐) **한 줄 나침반**

규율은 끝까지 유효했고, 책임은 끝에서 더 뚜렷해졌다.

책임은 내 어깨를 세웠고, 연대는 우리의 보폭을 맞췄다. 무전의 짧은 응답, 같은 속도로 움직이는 발, 젖은 손을 끌어 올리던 감각, 깃발 아래에서 하나로 묶인 호흡. 바다는 늘 변했지만, 우리가 지킨 것은 흔들리지 않는 태도였다. 그 태도가 나를 오늘로 데려왔다.

다음 4부에서도 나는 등과 어깨를 잊지 않을 것이다. 함께 들어 올린 무게가, 끝까지 길을 만들 테니까.

4부

장교의 소임

현장은 늘 선택을 요구했고, 선택은 곧 책임이었다. 함교의 바람, 무전의 짧은 응답, 손끝으로 조율하던 절차, 그리고 사람이 남기는 온기. 나는 결정하고, 수습하고, 때로는 견디며 배웠다. 바다는 매번 달라졌지만, 태도는 매번 같아야 했다.

생활의 한가운데서 배려와 절제는 리더십의 다른 이름이 되었고, 관계는 운이 아니라 습관이라는 걸 알았다. 준비는 방향이었고, 연대는 속도를 만들었다. 흔들릴 때마다 기준으로 돌아가자. 오늘의 나침반은 현장에서 더욱 더 단단해진다.

1. 배타적 먹방 체험

　병과 선택의 순간, 나는 주저 없이 항해과를 골랐다. 해군의 중추, 육군에 비유하면 보병 장교에 해당하는 길. 그 선택은 최신 구축함 충남함(FFK-953)으로 이어졌다.

　경북함(FFK-951), 서울함(FFK-952), 충남함—그 시절 항해과 장교들의 선망이던 함정들. 경북함엔 수석 졸업생 출신의 김명성, 마산함엔 축구부 주장 조영주가 탔고, 나는 충남함의 통신관으로 첫 명을 받았다.

　함상 첫 장교 생활은 배움의 연속이었다. 함장은 훗날 국가안보실장을 지낸 윤광웅 대령, 부장은 나중에 합참의장을 거쳐 장관을 지낸 박인용 중령. 바로 위 상관이자 룸메이트였던 작전관 김정연 소령은 나의 멘토였다.

밤이면 임무가 겹을 이뤘다. 작전관은 20시부터 자정까지 함교 당직사관으로 작전을 주관했고, 나는 00시부터 04시까지 전탐실 상황장교로 근무했다. 당직이 끝나 돌아오면 위 침대에 조심스레 오르곤 했다. 좁은 공간에서 서로의 잠을 깨우지 않으려 고양이 걸음으로 움직이던 습관—그게 곧 배려의 다른 이름이었다.

출동을 마치고 진해에 복귀하거나 팀스피리트 같은 대규모 훈련을 끝내면, 장교단은 가족과 함께 회식을 했다. 술과 음식이 오가고 분위기가 무르익으면, 종종 지휘관 댁으로 2차가 이어졌다. 당시 관사는 진해 도만동의 엘리베이터 없는 5층 건물, 크지 않은 평수였지만, 그곳은 서로의 안부가 오가던 따뜻한 보금자리였다.

어느 날, 군의관 김○○ 중위의 집들이가 잡혔다. 창원 신혼집으로 이사를 했다기에 전 장교가 함께 축하하러 갔다. 때마침 지휘부는 교대되어 함장은 정두규 대령, 부장은 이해종 중령. 문을 여는 순간, 예상과 다른 풍경이 펼쳐졌다. 새댁의 손맛일 거라 짐작했지만, 식탁을 채운 건 출장 뷔페였다. 당시엔 드문 일이었다. 함장은 "우리는 된장찌개 먹으러 왔다"고 농담 섞인 핀잔을 건넸고, 새댁은 안방으로 들어가 버렸다. 분위기는 순식간에 얼어붙었다.

결론은 간단했다. "차려진 건 남기지 말고 싹 먹자." 그때부터 내 접시엔 산이 쌓였다. "우리 통신관 고생 많다"는 덕담과 함께, 함장부터 선배들까지 음식이 접시 위에 계속 올랐다. 막내의 도리는 한 가지—먹는 것. 목이 막히는 걸 느끼면서도 꾸역꾸역 넘겼다. 결국 화장실에서 토하고 다시 돌아와 한 숟가락씩 마무리했다. 내 생애 가장 치열한 '먹방'이었다.

돌아보면, 그날의 농담 한마디엔 많은 층위가 겹쳐 있었다. 소박한 관

 묻다, 어떻게 살아야 하는가?

사 생활을 견디는 장교단과, 당시로서는 드물던 신혼 아파트의 넉넉함이 만들어 낸 미묘한 질투와 농담, 서운함과 배려가 한데 섞여 있었다. 누군가의 삶의 방식과 기준을 가볍게 건드렸을 때, 공동체가 어떻게 수습하는지를 나는 '폭식' 대신 '수습'으로 배웠다. 그날 이후로 내 생활 원칙 하나가 생겼다. "맛있게 먹되, 폭식은 하지 않는다."

그래도 아름다웠다. 엄격함과 허기가 함께 있던 시절, 회식 자리의 온기와 집들이의 소동, 그리고 웃음으로 봉합된 어색함. 그날의 접시 위엔 음식만이 아니라, 함께 버틴 시간과 서로를 덮어 준 마음이 담겨 있었다. 문득, 그 군의관과 형수님이 보고 싶어진다. 안부가 궁금하고, 그날의 젊음을 함께 웃으며 다시 이야기하고 싶다.

> **⊙ 한 줄 나침반**
>
> 장교의 예의는 말보다 태도에 있다. 배려는 가장 조용한 리더십이다.

2. 유학 준비

충남함 통신관으로 동해를 항해하던 시절, 내 손을 거쳐 가는 모든 통신문은 책임의 무게를 일깨웠다. 어느 날, 국방대학원 입시 요강 전보가 꽂혔다. 안보과정과 석사과정—나는 무기체계 전공 문구에서 묘한 당위를 느꼈다. 그 무렵 내 신조는 분명했다. "지피지기." 그리고 내 방식의 확장, "지일(知日)." 동북아에서 일본 해군력은 압도적이었고, 배우되 넘어설 대상을 제대로 알자는 생각이 내 안에서 자랐다.

문제는 길이었다. 당시 유학 가능 국가 목록에 일본은 없었다. 군사외교도 소극적이었다. 그래도 언젠가 문이 열릴 것이라 믿었다. 출동을 마치고 진해에 돌아오자마자 서점으로 향했다. 일본어 기초서에서 시작해 역사·문화·한일관계까지 손이 닿는 대로 읽었다. 초급 장교의 시간표 한 편을, 나는 꾸준히 일본 공부로 채웠다.

이동도 이어졌다. 1함대 고속정 부장 전근, 이어 동해 최전방 민통선 내 합동작전지휘소 상황장교. 중위 3년 차, 대위 진급을 앞두고 국방대학원 무기체계 전공에 응시했다. 그리고 합격. 동기들 중 막내였지만, 준비해 온 시간은 나를 흔들지 않았다.

국방대학원 재학 중에도 일본과의 군사 교류는 미약했다. 나는 방향을 바꾸지 않았다. 일본어 서적을 모으고, 관련 책을 읽고 또 읽었다. 『일본서기』까지 들춰 가며 맥락을 짚었다. 알면 이긴다는 말보다, 알아야 공정하다는 마음이 더 컸다.

1990년에 이르러서야 일본 유학의 길이 조심스레 열렸다. "해상자위대 간부학교 지휘막료과정." 그러나 그때 나는 다른 임무 위에 있었다. 놓아야 했다. 6년 뒤, 부산 3함대 사령관 비서실장으로 있을 때 다시 기회가 왔다. 지난 7~8년 동안 갈고닦은 언어와 지식이 시험장에서 내 옆을 지켰다. 합격 통보를 받던 날, 긴 준비의 필름이 한꺼번에 돌아갔다. 작았던 소망이 현실로 서 있었다.

아이러니는 그다음에 왔다. 그토록 원하던 일본 유학은 넓은 시야와 깊은 지식을 건넸고, 동시에 군 생활을 다시 성찰하게 만들었다. "지일"은 단지 전략이 아니었다. 내 삶의 방향을 바꾸는 신호였다. 초급 장교 시절부터 시작된 유학 준비는 학문을 넘어, 나의 진로와 정체성을 재정의한 이정표가 되었다.

> ⏱ **한 줄 나침반**

길이 없을 땐, 먼저 준비가 길이 된다.

3. 소재개발 연구

인생의 전환점은 종종 무모해 보이는 시도에서 시작됐다. 해군 초급장교이자 국방대학원생이던 시절, 나는 국방과학연구소(ADD)의 잠수함 선체용 고강도 특수강 개발에 직접 뛰어들었다. 한 장의 학위 논문을 넘어, 국가 방위력의 한 조각을 손으로 만져 본 시간이었다.

그 무렵 한국은 209급 잠수함 도입으로 첫발을 떼었지만, 더 깊은 심도에서 작전하는 잠수함을 스스로 건조하려면 기존 강재보다 훨씬 강하고도 질긴 강이 필요했다. 미국의 HY-80·HY-100으로 대표되는 고성능 강재는 수출 통제가 엄격했다. 그래서 우리는 우리 길을 내야 했다. ADD와 포스코는 합금 설계와 열처리, 인성과 용접성의 균형을 놓고 밤을 새웠다. 'HY-100급' 성능을 겨냥한 한국형 강—SHY 혹은 MSH—이 그렇게 태동하고 있었다.

내 논문 주제는 "HY-100급 강의 저온 취성." 잠수함은 고압의 차가운 심해에서 움직인다. 낮은 온도에서 깨지듯 부러지는 취성은 곧 선체의 안전과 직결된다. 경기도 고양의 국방대학원 연구소에서 이론을 다지고, ADD 소재개발부의 김영우 실장, 심인옥 박사 등과 계획을 구체화했다. 책상 위의 문장이, 시험 결과에 따른 데이터의 숫자로 바뀌기 시작했다.

가장 큰 난관은 용접이었다. 강도가 높은 강일수록 용접은 예민해지고, 균열의 위험은 커진다. 정밀한 조건과 숙련이 필요했다. 그때 손을 내밀어 준 이들이 있었다. 금오공고 용접 기능올림픽 후배들. 젊지만 노련한 손길이 연구의 첫 문을 열어 주었다. 이어서 심인옥 박사를 비롯한 ADD의 전문가들이 용접 이론과 실제를 연결했다. 각자의 자리에서 최고였던 사람들, 현장과 학문이 한곳으로 모였다. 혼자였다면 불가능했던 일들이, 함께라서 가능해졌다.

수없이 밤을 까맣게 지우고, 시행착오를 쌓아 올려 논문을 완성했다. 1990년 대한금속학회 추계학술대회에서 발표를 마치던 순간, 나는 비로소 깨달았다. 무기체계의 화려한 외피 아래, 소재라는 근간이 얼마나 무겁고 섬세한지. 그리고 그 근간을 세우는 일에는, 서로의 어깨가 꼭 필요하다는 사실을.

돌아보면, 이 도전은 내 안의 성향을 바꾸었다. "가능할까?"에서 "해 보자"로, "혼자서"에서 "함께"로. 잠수함 기술 자립의 작은 보탬이 되었다는 자부심은 오래갔다. 무엇보다 어떤 난관이 와도 길은 만들어 볼 수 있다는 자신감이 그때 생겼다. 심해의 수압을 견디게 하는 건 강재의 수치만이 아니라, 포기하지 않는 손들과 이어진 마음이라는 것을, 나는 현장에서 배웠다.

큰 기술은 한 사람의 작품이 아니라, 많은 손의 연대다.

4. 정체성의 혼란과 극복

국방대학원 합격 무렵, 막 결혼을 했다. 하지만 기수 막내라 관사가 나오지 않아 은평구 수색시장 근처에 둥지를 틀었다. 두 주쯤 지나 관사 관리실에서 연락이 왔다. 안보과정에 결원 관사가 있으니 들어오라는 통보였다. 105동, 1층과 4층에 해군 대령이 사는 건물. 내가 배정받은 3층은 방음이 거의 되지 않았다. 언성이 높아지면 1층까지 내려간다고 했다. 신혼의 기싸움 같은 건 애초에 불가능했다. 나는 눈치를 배웠고, 수긍과 인내로 생활의 균형을 맞추려 했다. 훗날 군복을 벗던 날, 그때의 생활 방식이 아내에게 상처였을지 모른다는 생각을 뒤늦게 했다.

과정을 마치고 1함대 사령부 소속 안동함(PCC-771) 작전관으로 부임했다. 둘째 민우가 태어난 지 보름. 이사 트럭에 아기를 태워 대관령을 넘었다. 관사에 도착했을 때, 아이는 코를 골며 자고 있었다. 미안함과 안쓰러움이 한꺼번에 밀려왔다. 2년의 학업 공백이 함상 근무에 영향을 줄지도 걱정됐다. 그래도 초계함 작전관이라는 임무 앞에서 마음은 다시 곧게 섰다.

처음의 팀워크는 좋았다. 강승식 함장의 인품은 따뜻했다. 그런데 외부에서 보던 해군과 내부에서 겪는 해군 사이에 틈이 있었다. 훌륭한 구성원과 "싸워서 이기는 함정"은 같지 않았다. 막대한 세금으로 움직이는 군함이 목표 지향적 작전을 수행하고, 냉정한 분석과 교훈 도출로 미래 우세를 확보해야 한다는 생각이 내 안에서 커졌다.

1991년 봄에서 여름 사이, 한미 대잠 훈련이 있었다. 2박 3일간, 잠수정을 북한 잠수함으로 가정해 주야로 탐지했다. 우리는 거의 잡지 못했다. 그런데 종료 보고서엔 "의미 있는 성과"가 적혔다. 현실과 동떨어진 문장. 그날의 작은 의문이 내 속에 뿌리내렸다. 의문은 근무를 지치게 했고, 장교로서의 정체성에 균열을 냈다.

또 하나의 균열은 진급 문화였다. 배○○ 부장이 중령 1차 진급심사에서 떨어진 뒤, 장교들의 대화는 진급 이야기로 가득 찼다. 개인적으로 시간을 가져도 "작전·사기" 대신 "진급·진급·진급." 효율과 성과를 좇아 시간을 쪼개 살던 내겐 허무였다. '군은 완벽한 소비 집단'이라는 인식이 굳어지려 했다. 전역이라는 단어가 마음에 자리 잡기 시작했다.

그럼에도 바다는 내게 답을 주었다. 8월, 대형 태풍이 올라왔다. 동해에서 진해로 피항해야 했다. 동해항에서 부산 앞바다까지 남동향으로 변침 불가 상태가 길게 이어졌고, 진해 입항까지 한 호흡으로 밀고 들어갔다. 좌현으로 덮치는 파도와 극심한 피칭 속에 많은 대원이 실신 직전이었다. 나는 함교 당직사관으로 끝까지 자리를 지켰고, 무사 입항했다. 부산 앞바다에서 서향으로 크게 꺾는 순간, 좌측 흘수가 드러나 보일 만큼 기울었다. 침몰하지 않은 배에 고마웠다. 그때 알았다. 군함의 본질은 극한 속에서도 임무를 완수하고 생존하는 것임을.

군 조직엔 비생산이 있다. 그러나 간부라면 그 현실을 인지하고, 생산적인 방안을 의식적으로 찾고 배우는 노력이 필요하다. 그 시절의 정체성 혼란은 태풍 속 임무 완수의 감각과 맞물려 수습되었다. 오직 함정의 안전과 임무에 집중하는 동안, 해군 장교라는 이름의 의미가 다시 또렷해졌다. 그리고 진급 체계는 의문이 남지 않는 방향으로 개선되어야 한다는 생각을 오래 품게 했다.

　나의 혼란은 결국 본질로 데려다주었다. 군의 목적은 무엇인가, 그 안에서 나의 역할은 무엇인가. 질문은 고단했지만, 그 질문이 내 삶의 이정표가 되었다. 그날의 바람과 파도, 그리고 끝내 항내에 들어온 순간의 호흡을 나는 지금도 잊지 않는다.

ⓢ 한 줄 나침반

혼란은 목적을 재확인하라는 신호다.

　　　　　　　　　　　　　묻다, 어떻게 살아야 하는가?

5. 두려움의 바다

동해는 잔잔한 날보다 파도가 많은 바다였다. 생도 시절 단 한 번 본 거울 같은 수면을, 그 뒤로는 다시 만나지 못했다. 동해항에서 울릉도까지 약 160킬로미터. 중간쯤, 평균 수심은 1,600미터를 넘는다. 이 바다는 낭만이 아니라 매 순간 극복해야 할 자연의 힘으로 기억된다. 나도 그러했다.

소위 시절 충남함 통신관 임무를 마친 뒤, 고속정(PKM-226) 부장으로 부임했다. 그리고 안동함 작전관 때까지 두 번, 동해 한가운데에서 직접 물에 들어가 프로펠러에 감긴 로프를 잘랐다. 그 두 번이 바다의 진짜 얼굴과 그 속에서 살아남는 법을 가르쳐 주었다.

첫 번째는 1988년, 고속 기동 훈련 중이었다. 동해 연안에서 멀리 떨어진, 망망대해 한복판. 거대한 로프가 프로펠러에 물려 배가 멈췄다. 지원자는 없었다. 부장인 내가 들어가야 했다. 허리에 생명줄을 묶고 선미로 내려섰다. 그때 알았다. 바다의 속을 보지 말아야 한다는 것을. 선체 쪽만 바라보고 손을 놀려야 했다. 표면은 햇빛에 하얗게 반짝였고, 5~6미터만 내려가도 연초록이 되었다. 더 내려가면 감청, 그리고 마지막엔 시커먼 어둠. 빛조차 닿지 않는 심연은 공포 그 자체였다. 미지의 거대한 것이 도사리는 듯한 느낌이 심장을 옥죄었다. 나는 오직 프로펠러와 로프, 선체만을 응시하며 칼을 움직였다. 그리고 잘랐다.

두 번째는 안동함 작전관 시절. 장소도, 상황도 비슷했다. 이번에도 내가 들어갔다. 안동함은 선저가 깊어 위험했다. 단정에 비상요원을 배치해

만일에 대비했다. 약 한 시간, 식칼로 로프를 잘랐다. 이번엔 아래를 보지 않았다. 선저만 보며 손을 움직였다. 그래도 몸은 자꾸 선저 늑골 쪽으로 빨려 들어가듯 당겨졌다. 거대한 선체의 알 수 없는 힘이었다. 긴장은 끝까지 풀 수 없었다.

두 번의 입수는 '맥주병'에서 인명구조원이 되기까지의 훈련이 밑바탕이 되었다. 하지만 실전에서 배운 건 따로 있었다. 동해는 낭만의 대상이 아니라, 예측 불가능한 힘의 다른 이름이라는 것. 그 안에서 정체성의 혼란은 잠시 사라지고, 임무와 생존만 남았다. 극한의 순간에 임무를 끝까지 붙들어 완수했을 때, 해군 장교라는 이름의 뜻이 다시 또렷해졌다.

🕐 **한 줄 나침반**

두려움은 없애는 게 아니라 다루는 것이다. 그리고 그건 훈련이 만든다.

   묻다, 어떻게 살아야 하는가?

6. 인적 자산

나리타 공항에 내리던 날, 7~8년을 품었던 소망이 현실이 되었다. 창밖 풍경은 놀랄 만큼 평범했지만, 간판의 글자가 일본어로 바뀌는 순간 마음은 달라졌다. 도로변 대형 간판 속 삼성·LG 로고를 발견했을 때, "지일로 극일하자"는 다짐이 다시 단단해졌다.

내 유학 과정은 '해상자위대 간부학교 지휘막료과정'이었다. 단순 어학이 아니라, 일본의 군사 시스템과 문화를 깊게 배우는 길. 첫 3개월은 '한국관' 하숙집에서 어학연수로 리듬을 만들었다. 다양한 한국인들과의 교류는 첫 단추를 곧게 끼우게 해 주었다.

이후 간부학교 입학과 함께 세타가야구 이케지리 중앙공원 인근 관사로 이사했다. 작은 다다미방 두 개와 부엌·거실이 전부였지만, 두 아들이 이케지리초 1·2학년에 입학하며 우리의 집이 되었다. 간부학교(나카메구로)까지 자전거로 20분, 같은 아파트엔 교장 선생님도 거주했다. 낯선 도시에서 얻은 안정감이었다.

그해부터 시행된 유학생 민간 후견인 제도는 큰 행운이었다. 내 후견인은 와타나베 변호사. 지바현 나라시노시에서 시장 법률고문과 라이온스 클럽 회장을 맡고, 도쿄 도심에 사무실을 둔 60대 신사였다. 후견인과의 유대가 깊어지며 그의 사회활동에 동참할 기회가 열렸다. 일본을 책이 아닌 사람으로 배우는 통로였다.

나는 목표를 정했다. 동기 전원을 집에 초대해 한국의 전통을 나누자.

이웃에 사는 교장 선생님께는 물김치를 떨어지지 않게 챙기자. 교과과정의 전국 기지 방문과 산업 시설 견학은 '시스템의 일본'을 보여 주었고, 집에서의 환대와 방문 답례는 '사람의 일본'을 보여 주었다. 관계는 그렇게 두 축으로 자랐다.

라이온스클럽 활동은 뜻밖의 선물이었다. 장애인 돌봄 행사 참여, 닛코 가족여행 동행, 그리고 30주년 기념행사에서의 연설. "심수관 선생의 사쓰마야키와 조선통신사의 방일, 한일 해군 교류의 활성화"를 주제로 마이크 앞에 섰다. 그날 이후 멤버들과의 유대는 훨씬 단단해졌다. 나는 일본의 '혼네'와 '다테마에'를 구분하려 애쓰기보다, 먼저 진심으로 대할 때 상대도 진심으로 답한다는 사실을 배웠다. 이후 내 대인관계의 기준이 되었다.

학교에서 배운 지식만큼, 아니 그 이상으로 집에서의 작은 초대와 서로의 집을 오가며 쌓은 시간들이 보이지 않는 자산이 됐다. 국방대학원 김철환 교수님이 후배들을 이끌고 도쿄에 오셨을 때의 접대, 해군대학 선배단 방문 때 과음 끝에 새벽 2시 신주쿠 경찰서 구류를 겪은 해프닝도, 돌이켜 보면 또 다른 자산이었다. 예측 불가능을 다루는 법을 몸으로 익히게 해 주었으니까.

이케지리 중앙공원 근처 주민들과의 교류도 따뜻했다. 자치 모임에서 알게 된 모 화가의 집에 초대를 받아 의미 있는 시간을 나눴고, 라이온스클럽 30주년 연설문은 그가 밤마다 함께 손봐 주었다. 나는 원고를 들고 공원을 돌며 외웠다. 그 화가에게서 받은 작은 그림은 지금도 집에 소중히 남아 있다.

무엇보다 귀국 후, 한일 해군 간 군사교류에서 통역과 연락장교로 뛰는

          묻다, 어떻게 살아야 하는가?

발판이 되었다. 제1차 한일 해군 수색구조훈련의 연락장교 겸 통역으로 파견되던 날, 유학 동안 갈고닦은 언어와 문화의 감각이 실전에서 빛을 발했다.

아이러니하게도, 이 유학은 내 전역으로 이어지는 결정을 재촉했다. 그러나 결론이 무엇이든, 그 시간은 '어마어마한 인적 자산'을 남겼다. 사람과의 신뢰, 공동체 속 역할, 예기치 못한 상황을 수습하는 기술. 이케지리에서의 1년은 공부의 기간을 넘어 삶의 전환점이었다. 앞으로의 길에 필요한 지혜와 용기를, 나는 그곳에서 건넜다.

⏱ 한 줄 나침반

인적 자산의 통화 단위는 신뢰다. 천천히, 그러나 오래 쌓인다.

7. 동상이몽

1997년, 나는 "지일로 극일하자"는 분명한 목표를 품고 도쿄로 향했다. 유학의 명분은 분명했다. 일본의 해상 전력과 전략을 제대로 이해하고, 한일 군사 교류의 저변을 넓히며, 지역 안보에 대한 공동 인식을 세우는 일. 그러나 같은 도시에서 함께 지낸 다섯 명—방위연구소 유학 중이던 함○○ 대령, 주일 해군무관 김○○ 중령, 한국문화원 부원장 강기홍 선배, 그리고 합동참모과정의 박○○ 중령과 나—의 마음은 같지 않았다. 유학의 목적은 하나였지만, 욕망의 방향은 제각각이었다. 말 그대로 동상이몽이었다.

나와 직접적인 이해관계가 적었던 김○○ 중령, 강기홍 선배와는 큰 문제가 없었다. 그러나 진급에 결정적 영향을 미치는 '기수'가 걸려 있던 함○○ 대령-박○○ 중령-나의 삼각 축은 달랐다. 박○○ 중령은 "없던 과정도 만들어서라도" 일본 유학을 성사시킬 만큼 강한 의지를 보였고, 스스로 "잘나가는 선배와의 교류를 위한 전략적 결정"임을 자랑했다. 나는 달랐다. 조직 문화가 요구하는 충성의 관성보다, 유학의 본래 목적—지일을 통한 극일—에 집중했다. 예의와 도리는 지켰다고 믿지만, 박○○ 중령의 적극성과 대비되며 내 태도가 소홀해 보였을 수는 있었다.

반대로 강기홍 선배 가족과는 깊어졌다. 오랜 기다림 끝에 첫 아이를 얻은 집. 갓난아이 양육의 최신 경험을 나눌 이는 아내뿐이었다. 그 정황은 누구도 조정할 수 없는 삶의 우연이었다. 자연히 문화원 부원장 부인과의

 묻다, 어떻게 살아야 하는가?

교류가 많아졌고, 그에 비례해 함○○ 대령 부인과의 관계는 얇아졌다. 공식 행사를 제외하면 사적 교류는 거의 없었다.

결정적 실망은 이케지리 관사 집들이 자리에서 왔다. 훌륭한 선배라는 명성을 들었던 함○○ 대령에게 군인으로서 배움을 기대했다. 하지만 그날 내 귀에 남은 건 "선배에게 잘해야 한다. 봉급의 절반은 선배 교류에 써라" 같은 노하우뿐이었다. 후배를 위하는 마음에서였겠지만, 7~8년의 준비 끝에 선 유학의 문 앞에서 내가 듣고 싶은 말은 아니었다. 실망은 반발심이 되어, 나는 더더욱 일본 동기들과의 학업·교류에 몰두했다.

시간이 흐르자 균열은 노골적이 되었다. 귀국이 다가오며 박○○ 중령은 "귀국해서 두고 보자"고까지 했다. 도쿄에서의 동거는 이렇게 서로 다른 꿈과 욕망 속에 각자의 결말로 흩어졌다. 훗날 함○○ 대령은 소장으로, 박○○ 중령은 중장으로 전역했다. 나는 귀국 뒤 림팩 훈련 작전관, 제1차 한일 수색구조훈련 연락장교·통역으로 실무 기여를 했지만, 끝내 소령으로 자진 전역했다.

돌이켜 보면, 그 결정은 "타협 없이 세상과 싸워 보는" 시간을 내게 주었다. 성공과 실패를 촘촘히 겪으며, 결국은 노자의 언어로 숨 쉬는 법을 배웠다.

유학 시절 선배와의 갈등은 쓰라렸지만, 그 시간을 지나며 나는 나의 기준—진짜 하고자 했던 공부, 사람과 관계의 본질, 공정함과 자존—을 확인했다. 무엇보다 어마어마한 인적 자산을 얻었다. 일본 동기들, 후견인, 현지 네트워크, 실무 현장에서 쓸 수 있는 언어와 맥락의 힘. 그래서 지금도 두 선배에게 고맙다. 그 시간은 나를 단련했고, 삶의 깊이를 더했다. 일본 유학은 군사 지식을 넘어 인간관계의 복잡성과 내면의 방향을 깨닫게 한,

내 인생의 또 하나의 통과의례였다.

> **한 줄 나침반**

같은 길을 걸어도, 각자의 목적지는 다르다. 그래서 더 또렷한 내 기준이 필요하다.

8. 환태평양(림팩) 훈련

림팩은 단순한 연례 훈련이 아니라, 바다 위 국제무대였다. 1998년, 나는 해군대학 대공전 교관 겸 교육계획과장으로 있으면서 림팩 훈련단의 작전관 임무를 맡았다. 훈련대장은 김정두 제독, 부대장은 51전대장 김용욱 대령. 작전참모는 도쿄에서 유학 시절 함께했던 박○○ 중령, 내 직속 상관이었다.

준비가 반이라는 말은 사실이었다. 전 해군에서 선발된 참모·작전요원들이 두 달 가까이 매일 밤 12시까지 준비를 이어 갔다. 일본 열도의 큐슈와 시코쿠 사이 해협을 통과해 하와이로 직행하는 여정 내내, 준비는 멈추지 않았다. 우리는 충남함 전자장비실을 사실상 사무실로 썼고, 넉넉히 자도 4시간 남짓이었다. 작전참모의 시선은 훈련 집행과 함께, 종료 후 결과보고서에 맞춰져 있었고, 나는 세부 작전 집행·전술 신호문 준비·일일 작전 브리핑·오후 OPSUM(일일 요약 보고) 작성에 몰입했다.

어느 밤, 태평양은 거짓말처럼 잔잔했다. 하늘은 은하수를 우유처럼 흩뿌려 놓은 풍경. 고강도 일정 속에서도 평화가 잠깐 내려앉는 순간이었다. 실제 훈련은 계획대로 흘렀고, 한동안 KBS 다큐 촬영이 따라붙었다. 브리핑 분량이 많아 촬영이 꽤 들어왔지만, 알 수 없는 사정으로 방영은 무산되었다. 그래도 그 카메라의 기척이, 지금도 림팩의 공기를 떠올리게 한다.

성과는 분명했다. 이종무함 잠수함은 훈련 기간 동안 미 해군 LA급(혹은 벤자민 프랭클린급)까지 포함해 총 13척, 15만 톤 규모의 함정을 가상 격침하며 전과를 올렸다. 무고장 완주로 최우수 정비함에도 선정됐다. 충남함(FF-953), 전남함(FF-957), P-3 대잠초계기가 함께 뛰며 연합작전 능력의 결을 더했다. '황군' 대 '청군' 구도 속에서, 훈련 개시 직후 미 잠수함이 먼저 '탈락'하는 장면은 상징적인 한 컷이었다.

훈련이 끝나고, USS Carl Vinson(CVN-70) 격납고에서 열린 다국적 장교 친교는 특별했다. 호주 퍼스함 장교들과 나눴던 대화가 오래 남았다. 귀국 항해길엔 더 특별한 장면이 있었다. 보고서가 완성되자, 잠시 찾아온 진공 같은 휴식. 사령관부터 수병까지 카키 팬티 차림으로 갑판 곳곳에 널브러져 잠을 청하던 풍경. 그 극단의 대비—고강도와 해방—가 우리 모두의 성취를 실감하게 했다.

괌 정박도 인상 깊었다. 단체로 올랐던 니미츠힐, 역사 앞에서 서늘해지는 상상. 현지 해병전우회의 '3인 순환 체제'—회장·부회장·총무를 해마다 바꿔 맡는 단단한 결속은 미소를 부르면서도, 묘하게 경외심을 남겼다.

림팩은 교범이 아닌 현장에서 배운 교과서였다. 극한 환경이 끌어낸 팀워크, 다국적 협업의 가치, 한계를 넘어서는 체력과 태도. 나는 지금도 해군 장교라면 한 번쯤 림팩 참여를 권한다. 바다는 매번 다르고, 연합은 오직 현장에서만 배울 수 있으니까. 그 배움은 오래 가는 자산이 된다.

> 🧭 **한 줄 나침반**
>
> 준비는 반이 아니라, 방향이다. 방향이 맞으면, 끝내 닿는다.

9. 비밀 작전

1999년 8월, 제주도 남동 공해상. 대한민국 해군과 일본 해상자위대가 처음으로 함께한 수색·구조훈련(SAREX)이 열렸다. 표면적 목적은 인도주의—해상 사고 시 공동 대응 능력과 협력 체계 강화, 우호 증진. 그러나 그 무대는 개인에게도, 양국 해군에도 각자의 질문을 던지는 자리였다. 나는 일본 측 기함의 연락장교 겸 통역장교로 임명되어 부산으로 향했다.

부산은 내게 익숙한 항이었다. 3함대 비서실장으로 지냈던 추억이 겹쳐 있었다. 하지만 일장기를 단 일본 함정 두 척이 부산항으로 들어오는 장면을 마주하자, 감정의 결이 복잡해졌다. 의미 있는 장면임은 분명했지만, 내 안에서는 또렷한 질문이 솟았다. "나는 과연 지일로 극일을 준비해 왔는가." 일본 군부에 대한 경계의 끈은 느슨해지지 않아야 한다는 다짐이 다시 조여졌다.

공식 환영과 만찬, 예방 일정이 지나고, 나는 일본 측 기함 작전참모와 같은 방을 쓰게 되었다. 호기심은 의무로 변했다. 그들의 함정 제원, 배치, 훈련 교리—표면 너머에 '숨은 발톱'이 있을지 모른다는 생각. 이튿날 제주 남방 훈련을 마친 뒤, 사세보항으로 입항했다. 한국 함정은 태극기를 달고 당당히 들어갔고, 공식 일정 뒤 한국 장병 전원이 관광에 나섰다. 나는 남았다. 작전참모가 지휘부와 운동을 나간 틈이었다.

나는 그의 훈련 노트를 들고 한국 측 기함으로 건너가 조용히 복사했다. 심장은 두근거렸다. 발각의 위험과 의무감이 동시에 목을 조였다. 복사본은 훈련 종료 후 해군본부 정보 부서에 제출했다. 자료의 실질적 기여가 어느 정도였는지는 알 수 없다. 다만 그때의 나는 내 자리에서 할 수 있는 최선, 국가와 해군을 위한 의무라고 믿었다. 활발해지던 한일 군사 교류의 파고 속에서, 나는 스스로 판단해 경계선을 그었다.

제1차 한일 SAREX는 양국 해군의 상호 이해와 신뢰를 끌어올리는 발판이 되었다. 해상 재난 대응의 실무 능력도 분명히 향상됐다. 동시에, 국제 관계의 복잡성을 다시 깨닫게 했다. 협력의 장에는 언제나 경계의 언어가 함께 서 있었다. 나는 그 두 언어를 동시에 들으려 했다.

나는 지금도 한국과 일본이 공동의 가치에 기초해 국제사회에 기여하는 '가치 동맹'이 될 수 있다고 믿는다. 그러나 과거는 늘 반면교사여야 한다. 1998년 림팩의 이종무함 전과, 1999년 SAREX의 '비밀 작전'은 왜 우리가 끊임없이 전문성을 갈고닦고, 냉철한 시야를 유지해야 하는지 증언한다. 그날의 노트 한 권, 그 잔잔한 파도 위의 작은 선택이 내 안의 기준을 더 단단히 세웠다. 협력은 필요하고, 경계는 의무였다.

> ⏱ **한 줄 나침반**

의문이 생길 때, 소임을 행하는 용기가 기준을 만든다.

10. 남자의 질투

깊고 푸른 동해의 파도 소리는 오래간다. 내 청춘의 절반을 바다 위에서 보냈다. 고속정 부장, 정장, 편대장, 초계함·구축함 작전관까지 다섯 번의 함상 근무. 임관 첫 부임지였던 충남함 통신관과 동해함 기관장 시절까지 보태면, 숨결의 리듬을 파도와 나눴다. 전투병과 장교에게 전투함 근무는 선택이 아니라 운명이었다.

바다 위의 경쟁은 냉정했다. 행정검열, 정비검열, 전비검열—여기에 사격대회와 훈련 성적까지, 모든 평가는 점수로 남았다. 1년 중 3분의 1은 바다에서 출동으로 보냈고, 그 시간이 성적표로 환산됐다.

전역 후 23년이 흘러 읍사무소에서 발급받은 복무기록지엔 '편대장 시절 전비우수함', '총 9회 표창'이 또렷했다. 종이 한 장이 가슴을 오래 적셨다.

후배 변경삼이 있었다. 인성이 맑은 친구였다. 국방대학원 무기체계과 후배, 한진중공업에서 고속정 인수 때 밤샘을 함께했고, 옆 편대에서 1년을 같이 뛰었으며, 경북함 작전관 후임으로까지 이어졌다. 그러던 어느 날, 그가 말했다. "선배님 때문에 힘이 듭니다." 이어진 말이 내 마음을 울렸다. "선배님이 너무 잘해 놓으셔서 후배가 따라가기 힘들다는 뜻입니다." 그 한마디가 선배의 처신을 돌아보게 했다. 성과는 때로 누군가에겐 벽이 된다.

그 시절 제1전투전단에선 익숙한 얼굴들이 지휘관으로 돌아왔다. 통신관 시절 부장이셨던 박인용 제독, 함장이셨던 정두규 제독. 나는 많은 기대와 사랑을 받았다. 특히 박 제독은 테니스를 좋아하셨다. 전투체육 날이면 늘 파트너로 코트에 섰다. 그때 나는 몰랐다. 전단장과 테니스를 친다는 게 어떤 의미를 갖는지. 그저 존경하는 선배와 땀을 나누는 시간이라 여겼다.

어느 날, 2급 함장들이 모인 자리에서 흘러나온 말이 내 심장을 멈추게 했다. 나를 가리키는 호칭이 "132 편대장"도 "배 소령"도 아닌 "그 새끼." 나는 그것이 문제라는 사실조차 모르고 있었다. 훈련으로 쌓은 전우애, 인간적 관계가 탄탄하다고 믿었다. 그 믿음은 그 자리에서 산산이 부서졌다. 단어 하나가 가슴에 비수처럼 박혔다. 인정과 애정, 장난과 적의, 농담과 질시의 경계가 얼마나 얇은지 그때 처음 알았다.

그 무렵 박 제독이 전단장으로 부임해 '독도방어계획' 테스크포스를 꾸렸다. 1~3급 함장 중 선발된 인원과 함께 나는 간사를 맡았다. 1년간 집중 연구, 논문을 넘어 실전을 염두에 둔 문서와 실행을 만들었다. 이임 전에 프로젝트는 마무리됐고, 우리는 화끈하게 뒤풀이를 했다. 그러나 그 과정도 선후배들 사이 입방아에 올랐다. 성과는 때로 시기의 표적이 된다. 국방, 전략, 임무의 언어 뒤에서 인간의 감정은 늘 움직였다.

시간이 지나 돌아보면, 그것은 '남자의 질투'였을까. 젊은 날의 에피소드 하나로 치부하기엔 씁쓸함이 남는다. 동시에, 그 씁쓸함 덕에 나는 한 뼘 더 성숙해졌다. 파도를 넘어 단단해진 갑판처럼, 보이지 않는 파도 속에서 마음도 더 단단해졌다.

질투는 상처였지만, 인간의 복잡한 감정을 이해하고 나를 돌아보게 한 선생이었다. 그래서 지금은 안다. 관계의 바다는 기술만으로 건너지 못한다. 태도와 배려, 거리와 절제, 그리고 오래 보는 눈이 필요하다.

(🧭) **한 줄 나침반**

성과는 힘이 되지만, 때로는 벽이 된다. 벽 앞에선 속도를 낮추자.

11. 씁쓸한 전역

해군대학에서의 2년은 분주함과 자부심으로 가득했다. 교관이자 교육계획과장으로, 림팩 작전관, 한일 SAREX 통역·연락장교, 홍보 영상 제작, 일본 유학생 지도, 빈번한 통역까지 하루가 모자랐다. 교무실에서 전화 200통을 소화하고 의자를 돌려 강의안을 다듬던 날들, 아침 8시부터 밤 12시까지 이어진 강행군 속에서도, 마음 한가운데엔 "나는 옳은 길을 가고 있다"는 확신이 숨 쉬었다.

그렇게 달려온 끝에 새로운 길목에 섰다. 근무지는 구미 국가산단의 삼성탈레스. 해군본부 조함단 전투체계 담당, 한국형 구축함 전투체계 사업의 감독관—명함은 무거웠다. 하지만 막상 도착한 현실은 달랐다. 군복 대신 사복, 군 전화 한 대 없는 사무실, 생략된 인수인계, 팀장의 무관심. 익숙한 체계는 사라지고, 낯선 벌판에 홀로 서 있는 기분이었다. 그래도 "주어진 임무"라 여겼다. 사양서와 프로토콜을 스스로 파고들며 거대한 사업의 흐름을 머릿속에 그렸다.

그해는 팀장 신○○ 중령에게도, 내게도 중요한 해였다. 그는 대령, 나는 중령 진급심사를 앞두고 있었다. 세간의 말처럼 유학을 접고 본부 근처에서 인맥에 힘을 싣는 이들도 있었다. 나는 개의치 않았다. 아니, 개의치 않을 수 있었다. 지난 15년의 헌신과 조직의 공정성을 믿었기 때문이다. 그래서 오로지 본분에 집중했다. 사업 관계자들과의 관계에 힘을 쓰고, 감독관의 일을 묵묵히 해냈다. "정당하게 평가될 것"이라는 순진한 믿음이 가슴을 채우고 있었다.

발표일 아침, 인사 담당 선배에게 전화를 걸었다. "고생한다"는 축하의 목소리. 나는 당연히 내 이름을 떠올렸다. 그런데 명단엔 없었다. "선배, 왜 내 이름은 없노?" 잠깐의 침묵, 다급한 말끝. 그 뒤로는 아무 소리도 들리지 않았다. 머릿속이 하얘졌다. 거대한 파도가 덮치듯 절망이 밀려왔다. 낙동강에 홀로 떠 있는 오리알처럼, 사랑하고 헌신했던 15년이 공중에서 갈라지는 소리만 들렸다.

그날, 팀장은 "퇴근하라"고 했다. 아내와 낙동강을 보며 오래 앉아 있었다. 강물은 말없이 흘렀다. 자랑스러웠던 이름표가 순식간에 아무것도 아닌 것이 되어 버린 현실을 받아들이기 어려웠다. 무엇을 위해 그토록 치열했던가—질문만 남았다.

다음 해, 조함단으로 복귀해 KDX SM-2 체계 담당으로 자리를 옮겼다. 일상은 이어졌지만, 마음의 공허는 메워지지 않았다. 그때 나를 일으킨 건 친구들이었다. 울릉도 출신 김일봉, 선산 출신 손영길 가족과 작은 승합차에 몸을 싣고 전국을 떠돌았다. 그 시간은 여행이 아니라 반성이었다. 고3 때부터 "사관생도"라 부르며 믿어 준 친구들의 기대를 저버린 건 아닌지 스스로에게 묻는 길. 그 무조건의 믿음과 우정이 상처를 조금씩 덮었다.

그리고 2002년, 나는 전역을 택했다. 4년쯤 지나 인천에서 EMBC 기술에 몰두하던 어느 날, 한 통의 전화가 왔다. "배상대, 손○○ 선배야! 너를 전역하게 하여 미안하다." 단순한 사과가 아니었다. 네 해 동안 담아 두었던 감정의 둑이 무너졌다. 나는 담담히 "다 지난 일입니다. 사회에서 잘 살고 있습니다. 선배님, 건승하세요."라고 답했지만, 마음 한쪽에서 잃어

   묻다, 어떻게 살아야 하는가?

버린 명예가 천천히 제자리로 돌아오는 소리가 났다. 17년의 헌신이 헛되지 않았다는 조용한 확인. 앞으로 걸음을 돌리라는 신호였다.

돌이켜 보면, 전역 무렵도, 전역 후의 사업 실패 같은 고난 속에서도, 진짜 위로는 드물었다. 기대와 희망의 말은 많았지만, 나락의 냉기를 알아채고 옆에 앉아 주는 손길은 거의 없었다. 그래서 나는 배웠다. 위로는 조언이 아니라, 곁의 시간이라는 것을.

낙동강의 오리알 같던 그 기억은 분명 씁쓸했다. 그러나 그 시간은 나를 더 단단하게 만들었다. 나는 더 이상 물살에 떠밀려 다니는 오리알이 아니다. 아픔을 딛고 새로운 물길을 스스로 헤쳐 나가는 사람으로 다시 섰다. 실패가 나를 정의하지 않았고, 상실이 나를 비우지 못했다. 나는 내 기준으로, 내 속도로, 다시 항로를 잡았다.

> ⏱ **한 줄 나침반**

실패는 이름을 바꾸지 못한다. 항로는 다시 내가 정한다.

돌아보면, 남는 건 직함이나 성적표가 아니었다. 위기 앞에서 등을 펴게 한 기준, 끝까지 자리를 지키게 한 태도, 말 대신 곁으로 건넨 시간, 그리고 실패가 이름을 바꾸지 못한다는 조용한 확신.

현장에서는 결정을, 관계에서는 배려를, 체계 앞에서는 성찰을, 감정 앞에서는 절제를 배웠다. 그 사이사이에 쌓인 사람들의 목소리와 손길이 내 인적 자산이 되었다.

바다는 앞으로도 변할 것이다. 그래서 나는 다시, 같은 태도로 항로를 잡는다. 준비하고, 연결하고, 수습하고, 기록한다. 함께 들어 올린 무게가 우리를 끝까지 데려다줄 것이기에, 나는 내 어깨를 잊지 않는다.

5부

삶의 현장

세상은 계획표대로 움직이지 않았다. 계약서는 자주 미뤄졌고, 믿음은 때로 갈라졌다. 그래도 나는 배웠다. 살아남는 일은 기술이고, 품위를 지키는 일은 태도라는 것을.

낙동강 둑을 따라 걷던 밤, 공장 기숙사의 좁은 방, 찜질방의 새벽, 법정의 긴 복도, 그리고 다시 현장으로 돌아오던 발끝. 그 사이마다 손은 수습을, 어깨는 책임을, 마음은 성찰을 기억했다.

이 5부는 나의 생존과 명예로운 삶, 그리고 성찰의 기록이다. 숫자와 직함, 실패와 재기의 날짜들 뒤에서, 내가 지키려 했던 몇 가지 간단한 기준—사람을 먼저 둘 것, 약속은 집행으로 증명할 것, 불투명엔 멈추고, 불필요엔 손을 뗄 것, 흔들릴 땐 걸을 것—을 다시 새긴다.

나는 안다. 긴 겨울을 건너게 하는 건 결국 사람의 손과 자신의 기준이다. 생존이 내 걸음을 살렸고, 품위가 내 등을 세웠으며, 성찰이 나를 같은 함정으로 떨어지지 않게 했다. 이 5부의 문장들은 그 셋을 서로 엮어, 다음 항로로 이어 주는 밧줄이 될 것이다.

1. 취하다

인생의 방향은 종종 거대한 파도 대신, 토요일 오후의 잔물결처럼 온다. 2002년 5월 4일, 나는 그 잔물결을 보았다. 한국형 구축함 충무공이순신함 준공식을 준비하던 날, 바람에 넘겨지던 신문 한 장. 전통주 세계화를 위해 경북대학교에 전통양조학과가 열린다는 짧은 기사. 17년간 지켜 온 '바다의 파수꾼'이라는 정체성에 작은 금이 갔다. 그러나 그 금은 무너짐이 아니라 새 항로의 예고였다.

기회는 갑자기 온 것 같았지만, 물줄기는 이미 그쪽으로 흘러가고 있었다. 전역 후 전통 벼루를 만들던 고○○ 장인의 꿈, 전북 장수 장안산 자락의 폐교를 인수해 문화예술촌을 일구려던 열정, 장수군의 오미자로 술을 빚는 산학연 컨소시움—벽계식품이라는 작은 이름으로 올라탔던 뗏목. 문제는 항해술이었다. 술의 이론도, 탁주 한 사발도 몰랐다. 그때 경북대학교 일반대학원의 새 학과는 등대처럼 보였다.

시간은 늘 촉박했다. 기사엔 2003년 신입생 선발이라 했지만, 실제 첫 모집은 2002년 하반기, 시험은 6월 말. 먼저 전역해야 했다. 합격에 실패하면 꿈도 직장도 잃는다. 내 머릿속에 떠오른 한 단어—배수진. 나는 모든 것을 걸기로 했다.

그 마음으로 편지를 썼다. 왜 이 길을 택하는지, 술을 모르지만 얼마나 진심인지, 그리고 무엇을 배우고 어떻게 쓰고 싶은지. 편지를 쓰는 일 자체가 또 하나의 공부였다. 막연했던 열정이 논리의 옷을 입었다. 그리고 합격. 대구 경운중을 떠난 지 24년 만에 걷는 캠퍼스의 길. 꿈은 현실이 되었다.

대학원 2년은 '취함'의 뜻을 바꾸었다. 술에 취하는 시간이 아니라, 배움과 꿈, 희망에 취하는 시간. '쌀포도주 발효 특성' 논문을 위해 밤을 하얗게 지웠고, 졸업 뒤엔 배상면주류연구소 연구원으로 현장에서 이론을 꿰맞췄다. 탁주·약주·증류주·침출주, 고구마·감자·사과까지 재료를 넓혀 블렌딩의 감각을 익히며, 전통주에 대한 철학과 비전이 뼈대를 얻었다.

무엇보다 뜻깊었던 건 주세법 개정의 경험이었다. 탁·약주에 전분질 외 당질 원료를 넣을 수 없던 조항의 불합리를 짚어 장관에게 편지를 보냈고, 개정이 이루어졌다. 내 논문 주제였던 '쌀포도주'가 합법의 길을 얻은 순간. 한 줄의 법이 연구와 산업의 길을 동시에 연다는 사실을 몸으로 배웠다.

이후 배상면주류연구소 연구원, 그리고 배혜정누룩도가 영업상무로서 우리 술의 우수성을 알리고, 고급 탁주의 세계화를 위해 뛰었다. 바다를 지키던 장교에서, 술의 맛과 향을 지키는 사람으로의 전환. 술은 내 평생의 화두가 되었다. 언젠가 포도원을 가꾸고, 부산물까지 쓰는 '무릉도원'의 꿈을 품었다.

나는 뒤따를 후배들에게 꼭 전하고 싶다. 생계를 위한 취업이 아니라, 가슴이 뛰는 '꿈'을 먼저 찾아 보라고. 삶의 목표는 여정을 즐기며 웃는 얼굴로 종착역에 도착하는 일. 숫자보다 중요한 건 인성—성실과 근면, 긍정의 태도다. 재능이 조금 부족해도 끝까지 믿고 맡길 수 있는 사람, 팀을 살리는 사람. 군에서 배운 정신력과 끈기, 팀워크는 어디서나 빛난다. 그 장점들을 새로운 삶에 이식한다면, 누구든 웃는 얼굴로 자신의 종착역에

묻다, 어떻게 살아야 하는가?

닿을 수 있다.

수평선 너머의 희미한 꿈은, 이제 손끝에서 빚어지는 향으로 가까워졌다. 한 잔의 술에 담긴 이야기처럼 내 삶도 그 향에 취해, 다음 잔을 준비한다. 오늘의 잔은 배움이고, 내일의 잔은 나눔일 것이다.

⏱ 한 줄 나침반

숫자보다 태도, 이력보다 방향. 명예로운 삶은 그렇게 쌓인다.

2. 현실 인식 - 1

한 줄기 빛처럼 시작된 뉴스였다. 배상면 회장이 사재를 내어 전통양조학과를 세운다는 뜻, 주류 과학의 발전과 산업화, 교육을 잇겠다는 포부. 발효생물공학연구소의 비전은 국가와 지역의 과제를 정면으로 다루고 있었다. 전통주의 과학화와 세계화, 한국 토착 포도주의 길. 학문과 현장이 손을 맞잡는 설계도는 내게 새로운 지평을 약속했다.

2002년 하반기, 첫 신입생 선발. 나는 경북대 식품공학과 수석 졸업생 구하나, 부산탁주 대표의 아들 박진호와 함께 선발되었다. 식약처 출신 박선희가 청강생으로, 대기업 연구소 출신 김○○ 교수가 초빙으로 합류했다.

1학기는 꿈같았다. 우리는 김 교수 곁에서 이론과 담금 실습에 몰두했고, 식품공학·식품기계의 기초부터 넓혀 갔다. 학문을 탐구하고 기술을 익히는 시간—가능성은 눈앞에 선명했다.

그런데 2학기, 담금실습장 설비를 갖추는 과정에서 미묘한 틈이 생겼다. 교수와 설비업자 사이에서 감지되던 보이지 않는 기류. 순수해야 할 공간에 섞여든 어두운 거래의 그림자. 결정적인 균열은 약정 이후였다. 영천시에 경북대학교 포도마을 주식회사를 세우기로 뜻이 모였고, 폐업한 밀가루 공장(약 3,000평)을 식품 공장으로 바꾸며 한 철 포도 500톤 가공을 준비하던 시기. 나는 두 동기와 함께 현장을 붙들었다.

잡일을 가리지 않고 뛰던 어느 날, 김 교수가 부모 형제에게 우리를 "내

묻다, 어떻게 살아야 하는가?

직원"이라 소개했다. 대학원의 학생이, 무료 봉사에 가까운 현장 노동을 당연시하는 말. 질문이 솟았다. "왜 우리는 여기에서 학생이 아닌가." 그 의문은 김 교수와 생산품 유통을 맡은 벤처코리아 이○○ 사장 사이의 관계로 뻗어 갔다.

학문의 전당에서 학생이 개인의 사리사욕을 위한 도구로 전락하는 장면은 배신감 그 자체였다. 무엇보다 사재를 낸 회장님의 뜻을 훼손하는 일이었다. 3학기에 들어서서 우리는 영천 공장을 떠나 대구 연구소에서 논문 준비에 들어갔지만, 내 마음에는 이미 문제의식이 자리 잡았다.

나는 100여 쪽의 증거를 모아 정리했고, 식품공학과 박○○ 교수에게 보고했다. 그러나 자료는 쓰레기통으로 던져졌다. "현실적으로 졸업부터 하라"는 취지의 말. 그 순간 알았다. 진실과 정의가 때로는 외면당한다는 것을. 쓰디쓴 교훈이 남았다.

그 뒤로 나는 양재동 배상면주류연구소에서 연구원으로 회장님께 사사받았다. 학문보다 앞서는 장인정신, 지식보다 큰 윤리의식—회장님은 두 손으로 보여 주셨다. 20여 년이 지난 최근, 경북대학교 포도마을 주식회사를 찾아보니 이미 사라지고, "김○○ 헬스푸드"라는 이름이 남아 있었다.

의도했던 공익의 설계가 사익의 도구로 바뀌어 버린 풍경. 그때 내가 제출한 100쪽의 자료가 단 한 번만 더 성의 있게 검토되었더라면—이라는 회환이 밀려왔다. 전통주가 대한민국의 소프트 파워로 도약할 기회를 놓친 건 아닐까. 한 개인의 욕망이 구조를 비틀어 버린 건 아닐까.

그래서 바란다. 경북대학교와 영천시가, 작고하신 회장님의 순수한 뜻을 되새겨 왜곡된 현실을 제자리로 돌려놓기를. 진실은 언젠가 드러나고,

정의는 마침내 실현되어야 하니까. 희망으로 시작한 그 학과에서 나는 지식만이 아니라, 정글 같은 현실에서 불의에 맞서는 용기와 명예의 무게를 배웠다. 그 배움은 지금도 내 기준을 일으켜 세운다.

이상은 설계도가 되고, 욕망은 설계도를 비튼다. 기준이 없으면 배는 표류한다.

묻다, 어떻게 살아야 하는가?

3. 현실 인식 – 2

대학원 4학기는 나에겐 졸업과 시작이 동시에 열리는 문이었다. 논문 발표를 마치자마자 서울 양재동 배상면주류연구소 연구원으로 들어갔다. 그곳은 실험실이자 공방이었다. 고구마를 굽고, 때로는 일부러 썩혀 담금주를 빚어 보고, 사과주를 증류해 칼바도스 계열 브랜디를 뽑아내는 과정까지. 효소 역가를 재며 이론이 현장으로 바뀌는 순간들을 지켜봤다. 공부가 배움이 되는 자리, '전통 양조인의 길'에 초석을 놓는 시간이라 믿었다.

현실은 곧장 반대편에서 왔다. 졸업과 동시에 본사 1층 한쪽, 수위실 일부를 칸막이로 나눈 임시 거처에서 생활해야 했다. 간이 침대, 책상 하나. 아침이면 1층에서 6층 연구소로 올라가고, 밤이면 다시 내려오는 생활. 회장님의 전통주 철학과 집념을 보며 경외심이 일었다. 한 아이가 장난감에 마음을 다 주듯, 오롯이 술 한 길. 그러나 그 '해탈'의 리듬은 내 생계와 충돌했다. 군을 9개월만 더 버텼다면 연금이 있었다. 나는 꿈을 위해 그 안정을 내려놓았다. 순수한 선택의 대가가 생활의 공백으로 돌아오고 있음을, 오래 걸리지 않아 깨달았다.

곧 배혜정누룩도가로 발령받았다. 말하자면 '술상무'. 첫날부터 직원들이 말했다. "상무님이 우리의 마지막 희망입니다." 입사 3개월을 못 넘기고 떠나는 구조. 누군가가 버팀목이 되어야 했다. 대표는 강남 포이동 본사에서 "아버지!"를 외치며 양재동으로 달려오던 이였다. 현실 감각과 전통 철학 사이에서 균형을 잡으려 애쓰는 모습이 남아 있었다.

보람도 컸다. 고급 탁주 '부자'를 한국공항공사에 납품해 국가의 관문에서 전 세계인에게 우리 술을 소개했다. 명절이면 '부자' 세트를 들고 전국의 기업·단체를 돌았고, 서울 대형 식당 납품을 위해 밤낮을 뛰었다. 임금은 회장님과 상의해 지급되었지만, 나는 여전히 한 달 50만 원 이상을 집에 보내기 어려웠다. 보람과 희망, 그리고 생활의 벽이 동시에 존재했다.

그리고 그날의 회식. 직원들과 삼겹살로 분위기를 돋우던 자리에서, 대표는 말했다. "나는 소고기만 먹고, 삼겹살은 안 먹습니다." 수많은 회식을 겪었지만 처음 듣는 말이었다. 이어진 질문은 나의 인내를 시험했다. "상무님은 직원들에게 인기를 끌어 저를 어찌하려고 합니까?" 오해가 악의로 기울어지는 순간, 이 인연이 끝났음을 알았다. 그 회식은 회장님 일가와의 연결을 비극적으로 닫는 장면이 되었다.

나는 그때 배웠다. 순수한 이상과 냉혹한 현실 사이에는, 때로는 메울 수 없는 간극이 있다는 것을. 회장님의 세상 너머의 철학, 딸의 자기 세계, 그리고 내 생존의 사정이 한 테이블에 놓이면, 품위와 버팀의 균형을 다시 그려야 한다는 것을. 전통주에 대한 지식과 열정, 보람의 순간들은 귀했지만, 가족의 생활이 지속 불가능한 선을 넘으면 방향을 고쳐야 했다.

돌아보면, 그 시간은 비싼 수업이었다. 세상의 순리를 배우는 수업. 이상만 좇지 말고, 현실을 직시하며 균형을 잡는 법. 지식 위에 윤리를, 열정 옆에 생계를, 보람 뒤에 계획을 놓아야 한다는 사실. 그날 나는 나와 세상에 대해 새로운 이해를 얻었다. 고통은 컸지만, 그만큼 성장했다. 다음 결정을 더 분명한 기준으로 내릴 수 있게 되었다.

이상은 방향이고, 생존은 연료다. 둘 중 하나만으론 못 간다.

4. 기술의 환상

지구의 오염은 눈앞의 과제였다. 하수·폐수, 음식물 쓰레기, 유기성 오니가 푸른 별을 서서히 병들게 하던 시절, EMBC라는 이름의 기술은 한 줄기 빛처럼 다가왔다. 유효미생물군의 복합발효를 바탕으로 자연의 순환을 복원한다는 비전. 분해와 생성, 억제와 공존의 사이클. 설명만으로도 매혹적이었다.

기술 서사는 완벽해 보였다. 유기물을 분해하고 유익한 생리활성물질을 만들어 유해균을 눌러 주는 발효, 항균 물질을 내는 방선균, 공중의 질소·탄산을 유용물질로 전환하는 질소고정균. 기존 미생물학에서 상호 배타적으로 여겼던 호기성과 혐기성의 공존을 구현했다는 주장. 사멸률을 낮추고 생균수를 증식시켜 부패의 악순환을 끊는다는 패러다임. 하수·양돈·음식물·토양 오염을 넘어 저준위 방사성 물질까지 손댄다는 적용 범위, 처리수는 생태 복원과 농·원·수산에 쓸 수 있다는 '고에너지수'의 개념. 악취 없음, 화학약품 무첨가, 슬러지 제로에 가까운 운영, 낮은 유지비, 한겨울에도 안정 운전. 'ecotopia'라는 말이 과장이 아닐 듯 보였다.

나는 그 비전에 마음을 내주었다. 고급 탁주 '부자'를 매개로 금오공고 3기 선배 이○○ 대표와 인연이 닿았고, "인류사적 의미가 있는 기술"이라 믿으며 급여 없이 한국EMBC㈜ 부사장 직함을 걸고 뛰어들었다. 일본 원천사와의 조율, 국내 기술 전수, 통역까지 맡으며, 업무를 넘어 사명감으로 움직였다.

  묻다, 어떻게 살아야 하는가?

그러나 빛이 강할수록 그림자는 짙었다. 무급의 헌신은 '토사구팽'의 감각으로 되돌아왔다. '남자답다' 믿었던 선배의 선택은 비전보다 돈의 속도를 좇는 듯했다. 영하 20도의 겨울, 사무실 간이의자를 붙여 자고 찜질방을 전전하던 밤들, 억지 술자리에 동행해야 했던 시간들은, 순수한 열정이 어떻게 배신의 기억으로 바뀌는지 남긴 흔적이었다.

결정적으론 운영의 비투명과 독단이 문제였다. 인천두레환경 음식물 처리장 건은 대표 판단 하나로 두 달 지연됐고, 다른 기회들도 놓쳤다. 일본 현장 투어 후 가계약 단계까지 갔던 계약도 불신 탓에 연기되어 연내 성사가 불투명해졌다. 지역별 총판 운영의 세부는 대표만 알고 움직였다. 함께 꾸던 꿈은 '개인 회사'의 그림자 아래서 서서히 빛을 잃었다. 기술이 아무리 뛰어나도, 그것을 움직이는 사람의 신뢰와 윤리가 무너지면 모래성처럼 허물어진다는 사실을, 나는 몸으로 배웠다.

2005년, 나는 거대한 환상을 좇았음을 인정했다. 비전·기술·사명감이라는 단어들이, 독단·비효율·돈의 집착 앞에서 어떻게 꺾이는지 목격했다. 남은 것은 무급의 시간과 찜질방의 밤, 그리고 인간적 배신감. 그럼에도 하나는 분명해졌다. 기술의 가치는 존재할 수 있다. 하지만 그것을 현실로 만드는 힘은 언제나 사람, 곧 인격과 윤리, 투명한 절차에서 나온다는 것.

EMBC는 내게 묻고 또 물었다. 우리는 기술만으로 'ecotopia'에 닿을 수 있는가. 답은 "아니오"였다. 신뢰와 공동의 가치가 더해질 때에만 가능하다는, 쓰지만 명료한 결론. 그해, 내 안의 환상은 산산이 부서졌고, 대신 기준이 남았다. 협력엔 투명, 결정엔 책임, 약속엔 기록, 그리고 무엇보다 사람.

꿈은 빠르게 설계할 수 있지만, 명예는 느리게 쌓아야 지켜진다.

5. 삶의 본모습

주민등록등본 한 장이 삶의 결을 바꿨다. 털보네식품 면접을 보러 가는 길, 얇은 종이의 활자—"이혼"—를 보는 순간, 발 딛고 서 있던 땅이 스르르 사라졌다. 판사의 말만 믿고 '우리는 계속 함께일 것'이라 여겼던 믿음은 1년이나 늦게 깨졌다. EMBC라는 거대한 환상을 좇는 사이, 가족의 현실은 조용히 결론을 내리고 있었다. 나는 두 아들을 지키겠다며 버텼고, 우리를 '잉꼬부부'라 불러주던 시선에 기대 안심했지만, 등본은 내 믿음이 허상이었음을 증명했다.

면접은 중요하지 않았다. 심장 속을 채운 건 분노도 슬픔도 아닌, 막막한 공허였다. 현실의 비용을 벌어야 했다. 경북대학교 포도마을 주식회사 총판이던 이○○ 대표와 다시 닿았고, 그가 운영하던 ㈜벤처코리아의 특판 전담팀으로 들어갔다. 직함은 '영업 상무'였지만 실상은 장돌뱅이였다. 백화점 식품관에서 호떡과 찜케익을 즉석 제조·판매했다. 번 돈으로 두 아들의 등록금을 보낼 수 있다는 사실에 잠깐 안도했으나, 입안엔 오래 씁쓸함이 남았다.

마산 성안백화점에서 사관학교 1년 후배 변경삼의 아내가 부스에 들렀다. 호떡을 사 들고 돌아서며 훔친 눈물. 그 장면은 "경험이 밑거름이 된다"는 내 위로의 가면을 산산이 깼다. 나는 매대를 일찍 접었다. 초라한 모습을 지인에게 더는 보이고 싶지 않았다. 6개월의 장돌뱅이 생활을 정리하고 다시 EMBC를 붙잡았지만, 현실은 더 매서웠다. 대구 유통센터 친구

사무실에 얹혀 지내며 밤엔 주유소·택배 상하차 아르바이트, 새벽 찜질방에서 몸을 씻고 오후엔 영업. 잠깐의 쉼도 없이 생존의 하루가 반복됐다.

무엇보다 괴로웠던 건 가까운 이들에게 투자·자금 대여를 부탁해야 하는 일이었다. 자존이 갉아먹혔다. 원형탈모가 번졌고, 칠곡의 피부과를 오갔다. 사업적 희망이라는 달콤한 말에 취해, 실제로는 천천히 추락하고 있었다. EMBC의 기술은 매력적이었고 사명감도 충분했다. 그런데 왜 자본력이 빈약하고 기준이 불명확한 파트너와 손을 잡았을까. 나는 오랫동안 답을 찾지 못했다. 다만 주변 사람들의 걱정 어린 눈빛을 뒤늦게 읽었다. 내 고군분투는 그들에게 안쓰러움으로 보였을 것이다.

그러던 어느 날, 구미 국가산단의 ㈜프로템 황○○ 선배에게서 전화가 왔다. "해외영업팀장으로 와 달라." 더 망설일 이유가 없었다. 기숙사로 이사했고, 삶은 다시 궤도에 올라섰다. EMBC라는 환상은 잠시 접고, 아픈 경험들을 뒤에 세워 두고, 새로운 일을 시작했다. 기술의 가능성은 진짜였다. 그러나 그 기술 위에 설 사람과 시스템이 부실하면, 이상은 버티지 못한다는 걸 뼈로 배웠다. 그리고 가족의 소중함과 삶의 평온, 그 본질을 다시 주워 담았다.

이 기록은 길을 잃었던 한때의 고백이자, 다시 일어난 증거다. 성공은 화려한 성과가 아니라, 마음의 평온을 되찾는 일임을 이제 안다. 나는 오늘도 그 평온을 향해, 한 걸음씩 걷는다. 등본 한 장이 알려 준 삶의 본모습—화려함이 아니라 버팀과 품위, 그리고 돌아볼 용기였다.

(ⓢ) **한 줄 나침반**

성취가 삶을 지키지 않는다. 평온이 삶을 지킨다.

6. 전부를 잃다

대구 유통센터 전자관, 친구 이상원의 사무실 한쪽에 몸을 의탁하고 살던 때였다. 낮에는 사명감 하나로 EMBC 영업 전선을 누비고, 밤에는 주유소·로젠택배 상하차로 생계를 잇는 날들. 새벽 찜질방에서 눈을 붙이고, 다시 양복을 입고 거래처로 향하는 무한 반복. 그래도 합천군 양돈협회 제안은 한 줄기 빛이었다. 20억 원대 규모, 심장이 뛰었다. 다카시마 박사와 손잡고 간부들을 이끌고 일본 실증단지까지 다녀왔다. 출장비는 한 푼도 허투루 쓸 수 없어 왕복 100엔까지 쪼개 쓰고, 시즈오카 인근 호텔에 외상 숙박을 제안했다가 문전박대를 당하기도 했다. 희망과 절박함 사이를 오가며 버티던 시간.

그때 문득 인천 주안의 임대 방이 떠올랐다. 7개월 넘도록 발을 들이지 못한 곳. 회사가 집세를 내주기로 했다는 말만 믿고, 양복 한 벌과 속옷 몇 벌만 품에 안고 대구로 내려왔던 날 이후였다. 집주인 연락처도 몰라 옆 방의 박 상무에게 확인을 부탁하고, 나의 사정을 적은 편지를 보냈다.

머칠 뒤 인천으로 올라갔다가, 청천벽력 같은 말을 들었다. 계약 만기가 지나 짐을 모두 고물상에 넘겼다는 통보. 평생을 모아 온 것이 '쓸모없는 고물'이 되어 사라졌다는 사실 앞에서, 나는 계단 아래에서 서럽게 울부짖었다. 남은 것은 낡은 앨범 몇 권과 운동기구 한 점. 집주인에게 고물상 행방을 수소문해 달라 애원했지만, 돌아오는 답은 없었다.

그 안엔 배상면 회장님께 사사받은 전통주 제조 자료, EMBC 설비 핵심

도면, 군 재직 시절 사진과 기록, 일본 유학 동기들의 주소록과 연락처, 그리고 1,500권이 넘는 책들이 있었다. 침대와 이불, 몇 벌의 옷가지 외의 모든 것—지식과 추억의 전부가, 한순간에 사라졌다. 분노와 상실이 한꺼번에 목을 죄어 왔다. 한 시간 넘게 하소연했지만, 되돌려지는 것은 아무것도 없었다.

절망의 끝에서 이상하게도 마음이 가라앉았다. "이게 계시일지도." 술과 EMBC, 그 모든 미련을 놓고 빈손으로 다시 시작하라는 신호일지 모른다고. 만약 그 순간 손에 불붙는 것이 있었다면 큰일을 저질렀을지도 모른다. 대신 나는 분노 대신 평온을 택했다. 놓아버리기로 했다. 마음이 조금씩 정리되기 시작했다.

대구로 내려와 다시 일상을 잇던 중, 구미 국가산단의 ㈜프로템 황○○ 선배에게 연락이 왔다. "해외영업팀장으로 와 달라." 컨버팅 머시너리라니, 처음 듣는 분야였다. EMBC와는 완전히 다른 세계. 두려움과 호기심이 동시에 올라왔지만, 나는 손을 잡았다. 더 이상 주저할 이유가 없었다. 미련과 아픈 과거를 뒤로하고, 새로운 시작을 향해 발을 뗐다.

25년 만이었다. 금오공고 졸업 후 전국을 떠돌던 내가, 다시 구미로 돌아왔다. 기숙사에 들어가고, ㈜프로템의 식구가 되는 순간 알았다. 진짜로 새로운 인생이 시작되었다는 것을. 버려진 것들은 어쩌면 나를 붙잡던 낡은 짐이었을지도. 가벼워진 걸음으로 미지의 영역을 향해 나아갔다. 구미로의 복귀는 과거와의 결별이자, 알 수 없는 미래를 향한 용기의 첫 장이었다.

⊙ **한 줄 나침반**

잃어버린 것들이 때로는 짐이었다. 비워야 길이 열린다.

7. 무모한 도전

모든 걸 잃고 빈손으로 선다는 건, 세상이 조용히 비워지는 경험이었다. 낡은 가방 하나, 노트북 한 대. 구미 국가산업1단지의 공장, 남구미IC를 지나 가장 먼저 보이던 ㈜프로템. 낙동강변 15평 남짓한 2층 기숙사가 내 새 출발지였다. 짐이 적어 이사는 쉬웠다. 그만큼 마음도 가벼웠다. 도도히 흐르는 강물처럼, 내 인생의 물길도 새 방향을 트기 시작했다.

황○○ 대표는 내 전역 소식을 듣고 오래전부터 점찍어 두었다며 미안하다 했다. 해외영업팀장으로 입사해 한 달은 창업 멤버인 영업이사를 보필했다. 첫 임무는 회사 카탈로그 제작. 생전 처음 듣던 컨버팅 머시너리를 밤낮없이 공부하며 소화했다. 막히면 남구미대교 위에서 강물을 봤다. 그때부터 상선약수—"가장 좋은 것은 물과 같다"—가 내 삶의 금언이 되었다. 물처럼 유연하되, 흐르며 길을 낸다.

한 달쯤 지났을까. 뜻밖의 제안이 왔다. "기술연구소를 신설하니, 연구소장을 맡아 달라." 컨버팅 분야는 생소했고, 연구소장은 무거운 자리였다. 나는 형식적 조직이 아니라 실제 R&D를 하는 연구소로 만들겠다는 확약을 세 번 받고서야 수락했다. 연구하고 배우기를 좋아하는 성향과 '무모한' 도전이 묘하게 맞물렸다.

직함을 바꾸자 곧장 밖으로 움직였다. 구미산업단지관리공단·혁신클러스터, 구미전자정보기술원, 금오공대 산학협력단 등과 연결했고, 중소기업협의회에서 네트워크를 넓혔다. 낯선 분야와 환경에서도, 나는 물처럼 스며들고 물줄기처럼 밀어붙였다.

6개월 뒤, 첫 결실이 왔다. '현장맞춤형기술개발사업' 정부 과제에 선정되어, 슬리터-리와인더의 핵심 부품인 기계식 척을 국산화했다. 기술연구소의 존재를 대외에 각인시킨 출발점이었다. 이후에도 정부 과제를 잇달아 따냈고, 해외영업팀장 본연의 역할도 놓치지 않았다. 영업이사의 해외 출장을 지원하며 앞뒤를 함께 맡았다.

가장 기억에 남는 건 2008년 '연구개발역량강화사업'이다. 국가균형발전위원회가 주관하던 초대형 과제―처음엔 3년 120억 규모. 전국 산업단지 간 경쟁에서 구미산단이 1위를 차지했다. 시작은 작았다. 구미산단 이상록 부장이 아이디어를 부탁했고, 나는 반나절 만에 '멀티코터(Multi-coater) 개발' 기획서를 작성했다. 한 대로 세 가지 코팅 기능을 동시에 수행하는 고정밀 장비. 그때 코팅 머신은 전량 일본 수입이었다. 담대한 목표였다.

작은 문서 한 장이 불씨가 되었다. 무기재료 코팅(스퍼터링) 업체, 코오롱필름연구소, 여러 연구소와 중소기업이 연달아 합류했다. 최종으론 2년 90억 규모로 조정되었지만, 대기업 2곳·중소기업 10곳·대학/연구소 4곳, 총 16개 기관이 함께하는 큰 판이 섰다.

우리 회사는 30억의 사업비를 받아 멀티코터 개발에 성공했다. 이 프로젝트는 ㈜프로템의 도약을 이끌었다. 슬리터-리와인더만 만들던 회사가 코팅 머신까지 품게 된 순간. 시제품이 줄줄이 나왔고, 영업의 지평이 넓어졌다. 성과는 2012년 '장영실상'과 산업포장 수상으로 이어졌다. 기술력은 이름이 되어 돌아왔다.

이 과정에서 황 대표의 은사 윤동환 교수와 깊이 연결되었다. 아이디어가 샘솟는 분—낙면 멀칭 필름, 자화수 설비, 유기질 비료, 고시인성 광고 판, 펠티어 기반 가로등, 자동차 머플러까지. 원천 기술의 결이 달라 공동 개발은 성사되지 않았지만, 그 시간은 내 책임과 시야를 넓혀 주었다. 그리고 나는 알았다. 연구소장의 무모한 도전은, 더 큰 도전을 위한 서막이었다는 것을.

도전에는 리스크가 따른다. 그래서 혼자 감당할 힘이 있는 장년의 시간이 최적일지 모른다. 낙동강이 흐르며 굽이마다 스스로의 길을 만드는 것처럼, 나는 도전 속에서 서는 법을 배웠다. 텅 빈 가방에서 시작한 이야기는, 일류 연구소를 세우고도 멈추지 않았다. 새 지평을 찾아 계속 걸었다. 그 길은 아직 진행형이다.

> Ⓝ **한 줄 나침반**

물처럼 유연하게, 그러나 흐르며 길을 낸다.

8. 도전의 결실

2008년 5월 26일 월요일, 구미국가산업단지의 맑은 하늘 아래에서 한 장면이 내 인생에 깊게 새겨졌다. ㈜프로템 기술연구소장으로 입사한 지 만 2년, 땀과 열정으로 쌓은 연구개발의 결과가 현실로 서는 날. 자회사 ㈜웰코 공장 준공식이었다.

구미 제일교회 목사님의 축도—"㈜웰코의 발전과 번영이 하느님의 은총과 함께하시길…"—가 울릴 때, 눈꺼풀이 저절로 감겼다. 그 어둠 속으로 해군본부 시절 직속 상관 황기철 대령과 나눴던 '소주잔 면담' 3주가 필름처럼 흘렀다. 단호한 회유와 따뜻한 압박, 그리고 내가 내세운 전역의 당위. 마침내 전통주를 향한 의지와 아내의 설득 앞에서 그가 휘갈겼던 서명. 그 사인이 내 항로를 바꾸었다.

군복을 벗은 뒤의 세상은 거친 파도였다. 전통주 세계화의 꿈, 환경정화 기술의 비전—높은 이상은 현실의 벽에 자주 부딪혔다. 인력시장과 백화점 특판의 하루살이, 눈물 젖은 호떡. 이상과 현실의 간극을 줄이는 일은, 꿈을 버리는 것도 현실에 무릎 꿇는 것도 아니었다. 나는 '현실의 격'을 높이는 쪽을 택했다. 예비역 장교로서의 기준을 들고.

㈜프로템은 대기업에서 분사한 알찬 중소기업이었다. 슬리터-리와인더, 코터, 라미네이터, 테이크업 와인더, 시트 커터, 로터리 커팅 머신—컨버팅 설비의 세계는 낯설었다. 이름조차 어려웠다. 그래도 물러서지 않았다. "아는 걸 실행하지 않는 것이 죄지, 모르는 건 죄가 아니다." 배우겠다

는 의지 하나로 기술연구소장을 맡았다. 1년 2~3개월 기숙사 생활을 하며 주경야독했고, 틈틈이 회사 잔디밭에서 어프로치를 연습하다가 공장 유리를 깨 먹는 소동도 있었다. 구미산단 혁신클러스터·금오공대 산학협력단·중소기업협의회와 손을 맞잡고, 굵직한 국책 과제들로 핵심 기술을 세웠다.

그 결실이 ㈜웰코였다. 2년간 R&D로 축적한 프릭션 칼라, 미케니컬 척, 어댑터를 사업화하기 위해 세운 자회사. 부품·소재 전문 기업으로 키우겠다는 나와 전 임직원의 염원이 담긴 그릇이었다. 그사이 우리는 '현장맞춤형기술개발사업'으로 기계식 척을 국산화했고, 국가균형발전위원회가 주관한 '연구개발역량강화사업'에서 멀티코터 개발로 큰 판을 열었다. 처음 기획은 3년 120억이었으나 최종 2년 90억으로 조정—대기업 2곳, 중소기업 10곳, 대학·연구소 4곳, 총 16개 기관이 함께했다. 우리 회사는 30억을 지원받아 멀티코터를 완성했고, 코팅 머신 분야로 영업의 지평을 넓혔다. 2012년 '장영실상'과 산업포장. 이름보다 중요한 건, 내부의 자신감이 돌아왔다는 사실이었다.

나를 오래 지켜본 황○○ 대표, 그리고 아이디어의 샘이던 윤동환 교수와의 인연은 도전의 장면들 위에 놓인 든든한 어깨였다. 도전은 무모해 보이지만, 준비와 책임을 달면 개척이 된다. 나는 장년의 시간을 그 무게를 감당하는 시기로 썼다. 낙동강이 굽이마다 스스로 길을 만드는 것처럼, 이상과 현실의 차이를 줄이는 법을 현장에서 배웠다. 이상을 낮추거나 현실에 순응하는 대신, 현실의 격을 끌어올려 이상에 닿게 하는 방식으로.

오늘의 준공은 내 지난 시간들의 합이다. 군에서 길러진 정신력과 추진력, 연구개발에 대한 염원, 그리고 수없이 맞은 파도. 누군가 전역을 앞두고 내게 묻는다면, 나는 이렇게 말하겠다. 두려워하지 말고, 즐거운 얼굴로, 과감히 도전하라고. 기준을 잃지 않으면, 새로운 가능성의 문은 언젠가 열린다. 그리고 문턱을 넘는 순간, 그동안의 실패와 고생은 방향을 만든 연필 자국이 된다.

> 🕐 **한 줄 나침반**

이상을 낮추기보다, 현실의 격을 높여 이상에 닿는다.

묻다, 어떻게 살아야 하는가?

9. 가장 잘한 결정

㈜웰코는 모기업의 연구개발 성과를 사업화로 잇겠다는 선한 의지로 출발했다. 그러나 시간이 흐를수록 초심은 흐릿해지고, 궤적은 의심스러운 쪽으로 기울었다. 창업 멤버들이 하나둘 떠났고, 같은 아이템으로 회사를 새로 차리는 일까지 벌어졌다. 영업이사 윤○○ 사장과의 길고 지루한 소송은 기업 운영이 얼마나 복잡하고 예측 불가능한지 뼈저리게 보여 주었다. 서통 출신들이 세운 회사만 5~6개, 황○○ 대표 밑에서 일하던 지인의 회사가 거래소 상장까지 가는 사례를 보며, 기업의 부침과 운명에 대해 생각이 깊어졌다.

내가 ㈜프로템에 입사할 당시 매출은 50~60억 수준. 기술연구소 성과로 코터 사업이 붙으며 300억대까지 성장했지만, 성장엔 분명한 한계가 있었다. 2009년 나는 퇴사를 택했고, 금오공대 윤 교수와 멀칭필름 사업화를 밀어붙였다. ㈜프로템 인근에 사무실을 열고 '성공CEO포럼'에 나가 구미산단 대표들을 만났다. 고급 승용차, 번듯한 현수막. 그러나 참석이 뜸해지면 곧 "정리했다"는 소식이 이어졌다. 겉과 속의 간극, 기업 운영의 냉혹함을 다시 배웠다.

2011년 4월, 황 대표가 다시 불렀다. ㈜웰코에서 멀티코터로 액정보호필름을 만들어 중국 판매를 추진 중이었으나 양산이 막힌 상황. 나는 총괄상무로 복귀했다. 최우선 과제는 양산 정상화와 중국 총판과 관계 정립. 6월 첫 수출품을 내보낸 뒤, 중국·콜롬비아·남아프리카공화국·케

냐·인도까지 전 세계를 뛰었다. 콜롬비아 보고타에서는 경제사절단으로 전시에 참여했고, KOTRA와 현지 네트워크의 도움을 받으며 인도 총판도 열었다. 그러나 시기는 패착에 가까웠다. 중국 업체의 가격 공세, 급변하는 유행, 불안정한 수요. 설상가상으로 중국 총판 허 사장과의 소송전이 길게 이어졌다.

2014년, ㈜프로템 창립기념식에서 나는 ㈜웰코 대표이사로 승진했다. 노력의 대가라 믿고 수락했지만, 한 달 후 알게 된 사실—그 직함은 '각자 대표이사'였다. 공동 대표도 아닌, 각자 책임 구조. 회사의 핵심 운영이 그렇게 비밀스럽게 흘러갈 수 있다는 사실 앞에서 혼란이 컸다. 숙고 끝에 요구사항을 제시했으나 관철되지 않았고, 나는 회사를 떠나기로 했다. 뒤늦게 안 소식—2020년 ㈜프로템과 ㈜웰코 모두 폐업. 스마트하고 신앙심 깊은 경영자라고 믿었던 황 대표의 행보 속에서도, 불투명한 자금 운용과 동지들의 이탈이 남긴 결말은 씁쓸했다. 그때 '각자 대표이사' 자리를 박차고 나온 결정—돌아보면, 전역 이후 내가 가장 잘한 선택이었다.

나는 그날 이후 기준을 다시 세웠다. 성장의 속도보다 운영의 투명성, 단기 실적보다 구조의 건전성, 화려한 직함보다 명확한 책임. 회사를 떠난 일은 도망이 아니라, 기준을 지키기 위한 퇴로였다. 가장 잘한 결정은 대개 가장 아픈 때 내려진다. 그 결정을 가능하게 한 건, 끝내 흔들리지 않은 나의 기준이었다.

🕐 한 줄 나침반

이상을 지키려면, 떠나야 할 때 떠나는 용기도 필요하다.

10. 약속

2013년, ㈜웰코 총괄상무로 뛰던 그해는 내 인생의 전환점이 시작된 때였다. 금오공고 연삭 파트를 가르쳐 주셨던 은사, ㈜신독 박○○ 사장과 다시 만났기 때문이다. 윤 교수님을 통해 내 소식을 들으셨다는 그분은 나를 "유난히 기억에 남는 애제자"라 불러 주셨다. 우리는 가끔 소주잔을 사이에 두고, 때론 운동장에서 땀을 나누며, 스승과 제자를 넘어 사람과 사람으로 가까워졌다. 거친 사업의 파도 속에서 잊고 있던 사제의 끈이 다시 마음을 흔들었다.

그 무렵 박 사장은 기존의 자동차 자동용접로봇·지그 사업을 안정적으로 이끌면서도, 신규 특허의 사업화로 도약을 준비하고 있었다. 그의 눈빛은 새 불씨로 반짝였다. 나 또한 새로운 도전을 향해 목이 말랐다. 결국 셋—박 사장, 윤 교수, 그리고 나—이 뜻을 모았다. 박 사장의 자회사 SDS㈜에 신규 사업부를 만들고, 윤 교수와 내가 가진 특허를 사업화하자고. 우리는 신뢰를 다지기 위해 상호합의서를 공증까지 했다. 단지 서류가 아니라, 은사와 제자 사이에 새로 쓴 약속이었다.

나는 신규사업본부장을 맡아 전력을 다했다. 제시한 특허는 27건. 자화수 5, 저배압 머플러 1, 저비용 고효율 간판 3, 고효율 LED 가로등 10, 천연 멀칭필름 5, 복합 유기질 비료 3. 이 중 세 가지는 사업화와 해외 공동사업 문턱까지 갔다. 그러나 끝내 문턱을 넘지 못했다.

첫째, 복합 유기질 비료 사업. 베트남 메콩델타의 하우장성 Casuco사와 손잡고, 설탕 공정에서 나오는 슬러지를 유기질 비료로 바꾸는 프로젝트. 2년 동안 상호 방문과 기술 검증을 거치며, 현장의 필요와 우리의 해법이 맞아떨어지는 것을 확인했다. 마지막은 공동 투자 합의. 하지만 박 사장은 "기술만 제공, 자금은 불가"라는 입장을 굳혔다. 우리의 입장과 정면으로 어긋났다. 메콩 지역의 비옥한 들판을 친환경 비료로 바꿀 미래는 그렇게 사라졌다.

둘째, 고효율 LED 가로등 사업. 지자체와 손잡고 '구매조건부 국책과제'로 추진하기로 하고 성주군과 청사진을 그렸다. 에너지 절감·효율·친환경 도시—모든 논리가 설득력을 가졌다. 그러나 회의가 반복될수록 행정은 미지근했고, 관료주의의 벽은 높았다. 변화의 의지 부족 속에서 기술의 가치는 제값을 받지 못했다. 빛으로 도시를 바꾸려던 계획은, 행정의 어둠 속으로 사라졌다.

셋째, 친환경 천연 멀칭필름과 생산기계. '중소기업혁신기술과제'로 선정되며 2년 8억 중 5.8억을 정부 지원으로 확보했다. 국가가 기술의 방향과 실현 가능성을 인정해 준 셈이었다. 우리는 밤을 지우며 달렸다. 그러나 사업이 구체화될수록, 공중까지 받은 상호합의서의 조항이 이행되지 않는 현실이 드러났다. 초기 10억 투자 약속은 지켜지지 않았고, 멀칭필름 개발비 집행도 계획대로 흘러가지 않았다. 임금 외의 투자는 '보류'가 관행처럼 굳어졌다.

나는 최후의 경고를 보냈다. "약속대로 집행하지 않으면, 나는 빠지겠습니다." 고통스러운 결정이었지만, 책임 있는 결정이었다. 결국 나는 SDS㈜를 떠나 윤 교수의 개인 사무실 '윤스랩'으로 옮겨 다른 특허 사업화에 다시 뛰어들었다. 이준형 부장도 뒤를 이었고, 윤 교수 역시 박 사장과

  묻다, 어떻게 살아야 하는가?

갈라섰다. SDS㈜는 국책과제 실패의 쓴잔을 들었다.

그 과정에서 배운 건 분명했다. 정글 같은 시장에서 순수한 관계를 지킨다는 일의 어려움, 다양한 특허의 욕망과 '현실화'의 기나긴 거리, 그리고 기업의 명운이 걸린 자리에서조차 사제의 정이 한순간에 얕아질 수 있다는 냉혹함. 성공을 향한 열정만큼, 냉철한 현실 판단과 '약속 이행'이 핵심이라는 사실을, 우리는 실전에서 배웠다. 약속은 의지의 선언이 아니라, 돈과 일정과 책임으로 측정되는 실행의 이름이라는 것도.

나는 그때의 약속을 아직도 마음에 남겨 두었다. 깨진 약속은 상처가 되었고, 지킨 약속은 기준이 되었다. 다음번 약속을 할 때 나는 더 천천히, 더 구체적으로, 더 투명하게 했다. 사람과 기술, 자금과 일정—모든 축이 맞물리지 않으면, 큰 꿈은 문턱에서 멈춘다. 그날의 공증은 종이가 아니라, 내 안의 기준을 공증해 준 절차였다.

⊙ 한 줄 나침반

약속은 말이 아니라 집행이다. 돈·일정·책임으로 증명된다.

11. 책임감

SDS에서의 상처는 깊었지만, 물러서진 않았다. 나는 곧장 윤스랩으로 자리를 옮겼고, 2016년 '하천 슬러지와 사탕수수 슬러지를 이용한 유기질 비료' 아이템으로 KOICA CTS(Creation Technology Solution)에 제안서를 냈다. 같은 축에서 윤 교수와 함께 ㈜녹색혁명을 세우고, ㈜프로템에서 회계를 맡아 꼼꼼함을 보여 줬던 이성민을 영입했다. 가진 건 거의 없었지만, 팀은 있었다.

구미 한라시그마밸리 8층—전 ㈜프로템 기술이사 신교우 사장 소유의 사무실을 무상 임대받았다. 사막에서 만난 오아시스 같았다. 고마움은 빚처럼 가슴에 남았다. 그러나 CTS는 탈락. 운영비와 투자 유치는 벽 같았다. 그때 금오공대 산학연협력단 '첫걸음 과제'로 '저배압 튜닝 머플러'가 선정되어 1억 1천만 원을 확보했다. 작은 등불이 켜졌다.

등불 하나로는 밤이 다 밝지 않았다. 우리는 비용을 줄이기 위해 칠곡 북삼의 빈 공장으로 세 번째 이사를 했다. 금오 3기 정근섭 선배가 비워 둔 공간—그 또한 선뜻 내어 주었다. 나는 공장 구석 긴 탁자에 이불을 깔고 잤다. 제대로 씻을 곳도, 넉넉한 끼니도 없었다. 남이 보면 처량했을지 모른다. 하지만 내겐 자유와 창의가 넘치던 시간이었다. 제약 없는 공간에서 아이디어를 시험하고 손으로 옮기는 과정이 곧 삶이었다.

운영비를 위해 나는 장춘종묘 멜론 연구 농원에서 아르바이트를 시작했다. 재배·교배·수확의 전 과정을 배우며, "멜론의 왕" 캔탈로프조차

B·C급으로 버려지는 현실을 보았다. 버려지는 과육—그 자원을 살리고 싶었다. 2018년 여름, 200평 공장 바닥에서 혼자 멜론을 썰고, 씨를 가르고, 과육을 다듬었다. 손이 붓고 허리가 쑤셔도 멈추지 않았다. 1만 개쯤 가공했을까. 멜론을 유기질 비료와 반려동물 간식으로 확장하는 시도도 병행했다. 책임감은 그 여름의 땀과 즙 냄새였다.

생활은 더 단단하게 줄였다. 어떤 달엔 생활비 30만 원. 상모도서관을 왕복 도보로 다니며 책을 읽었고, 식자재는 일주일 1만 원 선에서 꾸렸다. 북삼의 오래된 3천 원 목욕탕은 매일의 의식이었다. 뜨거운 물에 몸을 풀고, 찬물로 정신을 깨우면 다음 하루를 버틸 힘이 생겼다. 생존의 루틴은 품위를 지키는 최소한의 장치였다.

작은 도구가 큰 변화를 만들 때도 있었다. 소형 과일 수확의 비효율을 줄이려 고안한 '캥거루 바스켓'. 현수막 재활용 천으로 권정애 여사가 실비 제작해 준 시제품은, 현장에서 아로니아 수확 속도를 3~4배 끌어올렸다. 산동 농협 선물용 200세트 납품 기회까지 왔지만, 양산 체계가 없어 눈앞에서 놓쳤다. 배움이 뼈에 사무쳤다. 준비가 부족하면 기회는 지나간다.

사관학교 동기 세 명이 북삼 사무실을 찾았던 1박 2일. 절박했지만 투자 요청은 입에 담기 어려웠다. 대신 내가 하는 일들을 묵묵히 보여 주었다. 돌아가는 길, 한 동기가 '캥거루 바스켓' 양산 투자를 자발적으로 약속했다. 오랜만에 가슴이 뛰었다. 그러나 약속은 지켜지지 않았다. 처음부터 약속이 없었더라면 덜 아팠을 것이다. 기대가 남긴 상처는 깊다.

그래도 가장 무거운 건 '사람'에 대한 책임이었다. ㈜녹색혁명의 유일한 직원 이성민의 밀린 임금을 더는 미룰 수 없었다. 나는 서울 호반건설 본사 신축 현장으로 올라가 현장 인부로 일했다. 과천 고시원에 머물며 5개월, 양재천을 걸어 출퇴근했다. 폭우가 쏟아지는 날에도 걸었다. 천리향의 향기가 코끝에 남아 있던 그 길에서, '책임감'이라는 단어를 몸으로 배웠다. 내 어깨에 얹힌 사람 한 명의 생계—그 무게가 나를 매일 일으켰다.

나는 알게 됐다. 기술·자본·사람—사업의 세 박자에 하나를 더해야 한다는 걸. '천시(天時)'. 때가 맞지 않으면 최고의 기술과 팀도 미끄러진다. 하지만 때를 기다리는 동안 우리가 할 수 있는 일은 분명하다. 준비, 기록, 약속의 집행, 그리고 품위. 그 네 가지가 때를 붙잡는 손이 된다.

> ⏱ **한 줄 나침반**
>
> 책임은 말이 아니라, 오늘의 선택과 수습으로 증명된다.

12. 네잎클로버

기술연구소장으로 일하던 때, 구미시 지원의 '중소기업 CEO 비즈니스 전략과정'에 참여했다. 회사의 대외 활동을 도맡던 터라 자연스레 발이 닿았다. 수료 뒤엔 '성공CEO포럼' 사무국장을 맡아 더 깊이 뛰었다. 그 시간은 비즈니스 교육을 넘어, 삶의 지평을 넓히는 인연과 성찰의 자리였다.

그 무렵 포럼 문화이사로 함께하던 이○○ 이사를 알게 됐다. 품위 있고 생각이 곧은 분이었다. 배우자와 사별해 홀로 지낸다는 걸 알게 되면서, 우리는 조심스럽게 마음을 나눴다. 뜻밖의 인연이 위안과 활력을 주었다. 그 인연으로 그녀의 자녀가 감독관으로 있던 현장에서 잠시 인테리어 회사의 현장반장으로 뛰기도 했다. 운영비를 마련하는 현실적 선택이면서, 익숙지 않은 현장에서 얻은 배움의 시간이었다. 연구소에서 머리로만 그리던 사업의 "현장"이 손에 잡히기 시작했다.

첫 출근은 버스로, 이튿날부터는 숙소와 현장을 잇는 양재천을 걸었다. 과천에서 서초까지 약 6킬로미터, 완만한 경사와 물길을 따라 이어진 길. 봄이 오자 산책로는 상춘객들로 활기를 띠었다. 그 길은 출퇴근로를 넘어, 독서와 사색의 공간이 되었다. 햇살과 물소리, 새소리 속에서 활자는 더 선명해졌고, 생각은 한층 깊어졌다.

그 길 위에서 한 권의 책이 나를 멈춰 세웠다. 니콜라이 바빌로프의 전기. 인류 최초로 '종자은행'을 구상하고 '피블롭스크 실험국'을 세운 식물학자. 레닌그라드 포위전의 절체절명 속에서도, 연구원들이 종자은행의 감자 종자 한 톨을 먹지 않고 지켜 낸 이야기. 굶주림에 의한 아사 앞에서도 인류의 미래를 우선한 그들의 사명감은 나의 발길을 멈추게 했고, 길가에 쪼그려 앉아 한참을 울게 했다. 사업의 현실 앞에서 잊지 않아야 할 가치가 무엇인지, 그 장면이 또렷이 일깨워 주었다.

3월의 냉기가 걷히던 어느 봄날, 책을 품고 퇴근하던 내 앞에 중년 여성 한 분이 불쑥 네잎클로버 한 움큼을 책 위에 내려놓고 재빨리 걸어갔다. 며칠 뒤 우연히 다시 만났고, 서초에 사는 시인이라 했다. 현장 임금 문제를 수습하고 북삼의 사무실로 내려오기까지 더 깊은 교류는 이어지지 않았지만, 양재천에서 만난 그 인연은 오래 남았다. 행운의 클로버는 지금도 어디선가 책장 속에서 기운을 내고 있을 것이다.

나는 그 기운을 믿는다. 바빌로프의 연구원들처럼, 양재천에서 만난 시인처럼, 짧은 만남과 순간 속에서 의미를 발견하고 숭고한 가치를 지키려 한다. 사업의 길은 험하고, 현실의 문제는 날마다 출렁이지만, 문학이 주는 성찰과 사람과의 깊은 교류는 나를 더 단단하고 풍요롭게 만든다. 그 시간들이 내 삶의 빛나는 구간을 채우고 있다는 사실이 고맙다.

ⓢ 한 줄 나침반

현실은 손을 단단히 만들고, 문학은 마음을 깊게 만든다. 둘이 함께 갈 때 오래 간다.

13. 노자가 되자

2020년 여름, 폭우와 팬데믹이 겹치던 때에 나는 육십을 앞두고 내 한계의 경계를 확인하기로 했다. 안동댐에서 낙동강하굿둑까지 363킬로미터. 밤을 품은 자전거길을 6개 구간으로 나눠, 오후 4시에 집을 나서 다음 날 정오까지 걷고 다시 돌아와 일을 돕는 릴레이. 조카의 족발집 프랜차이즈를 구상하며 배달 아르바이트를 하던 시기, '녹색혁명'이 숨을 고르는 사이에 시간은 역설적으로 내 편이 되었다.

길 위에서 나는 오래 품어 온 현실의 문장을 다시 읽었다. 친환경 농자재를 연구·개발해도, 사업의 성공은 기술·자본·사람 위에 '때'가 얹혀야만 열린다. 천시를 읽는 눈이 리스타트의 필수라는 걸, 숱한 실패와 도전이 가르쳤다. 그래서 '현장'의 배움을 더하러 농업회사법인에 들어가야 한다고 판단했고, 양주의 영일㈜에 지원서를 냈다. 상주 강삼 구비를 돌아 새벽을 맞던 순간, 고○○ 대표와의 통화로 입사가 결정되었다. 고독한 새벽의 전화 한 통이 다음 장을 여는 닻이 되었다.

걷는 동안은 일부러 몸을 혹사했다. 스마트폰 배터리를 화장실 손건조기 콘센트에 꽂아 충전하고, 잔디에 드러누워 다리를 들어 혈을 돌리고, 다시 일어나 걸었다. 목마름이 이성을 흔들 때 정신이 오히려 또렷해졌다. 흩어진 잔상들이 모이고, 반성이 계획으로 변했다. 한계로 몰릴 때 비로소 진짜 나를 만난다는 걸, 몸이 먼저 알았다.

돌이켜 보면 내 길은 언제나 '인연'으로 열렸다. 전역 뒤 전통주를 배울 때도, EMBC의 거친 바다를 헤맬 때도, 컨버팅 머시너리의 연구소를 일으켜 매출의 스케일을 바꿀 때도, 자회사에서 세계를 뛰며 현장을 배울 때도, 자동차 용접·지그의 신규 사업을 세울 때도, 그리고 녹색혁명으로 친환경 농자재를 꿈꾸다가 자금의 벽 앞에서 무너질 때도. 인연은 때로 보상 없이 배움만 남겼지만, 그 배움이 다음 길의 열쇠가 되었다.

나는 가난했지만 비굴하진 않으려 했다. 법인을 세우고 임금이 막히면 직접 현장으로 올라가 삽을 들었고, 농원에서 땀을 섞으며 운영비를 만들었다. 낮엔 일하고 밤엔 책을 읽었다. 역사·종교·철학은 '정체성'에 등을 세워 주었다. 초등학교 시절 빚쟁이를 피하던 집에서 "공부로 집안을 일으키겠다" 다짐해 금오공고로, 의무복무의 길 대신 해군사관학교로, 바다의 장교로. 그 근육이 지금의 '농촌을 기반으로 노자처럼 살겠다'는 다짐으로 이어졌다.

그래서, "노자가 되자"는 내겐 관념이 아니라 실천의 태도였다. 물처럼 낮은 곳을 선택해 흐르되(상선약수), 억지를 제거하고 절차로 품위를 지키며(무위), 필요한 만큼으로 충분을 삼는 마음(족함). 경조사의 형식에 매이기보다 관계의 본질을 지키고, 모두의 시선을 붙잡기보다 소수의 진심과 함께, 과거의 상처를 핑계 삼지 않고 오늘의 목적에 맞춰 선택한다. 내 리스타트는 늘 좋은 인연 위에서 더 단단해졌다. 나쁜 인연은 태초부터 없었다. 다만 내가 배우지 못했을 뿐이다.

오늘의 시대는 기술이 비즈니스의 정의를 바꾸고, 속도가 기준을 흔든다. 그럴수록 나는 배운다.

천시를 읽어라. 성급한 확대보다 작은 실험으로 타이밍을 검증할 것. 시스템으로 품위를 지켜라. 약속은 말이 아니라 집행으로, 불투명 앞에선 멈출 것. 함께 배우는 조직을 만들어라. 혼자의 선의보다 함께의 규칙이 오래간다.

나는 여전히 바다를 그리워한다. 그러나 지금은 강을 걷는다. 강 위의 바람이 속도를 늦추고, 발바닥의 감각이 생각의 속도를 맞춘다. 다음 리스타트도 그렇게 올 것이다. 좋은 인연과, 준비된 손과, 때를 읽는 눈으로.

⊙ 한 줄 나침반

리스타트의 조건은 기술·자본·사람 위에 '때'다. 때를 부르는 건 준비다.

14. 현명한 CEO

아날로그의 온기가 채 가시기도 전에, 우리는 인공지능이라는 거대한 파도 앞에 서 있다. 2022년 말 등장한 대화형 AI 이후, 하루에도 수십 개의 응용이 솟구친다. 기술은 특정 산업의 경계를 넘어 비즈니스의 정의 자체를 바꾸고, 지식은 끝없이 확장된다. 선하고 성실한 마음만으론 버티기 어려운 시대—무엇이 '현명한 CEO'를 만드는가를 나는 현장에서 묻고 또 물었다.

농업회사법인영일㈜에서의 경험은 그 질문을 더 또렷하게 해 주었다. 선한 리더의 진심은 귀하지만, 시스템이 비어 있으면 조직은 결국 한 사람의 습관과 선의에 의존해 흔들린다. 좋은 사람이 좋은 회사를 만든다는 믿음은 맞다. 다만 '좋음'을 지속시키는 것은 사람의 선의가 아니라, 공정하고 투명한 시스템이라는 사실을 그곳에서 배웠다. 그 깨달음은 내가 농촌 기반의 공동체 운영과 탐구로 발걸음을 옮기게 한 조용한 기폭제가 되었다.

나는 오늘의 격변기에서 '현명한 CEO'가 반드시 갖춰야 할 세 가지 역량을 다음처럼 정리한다.

첫째, 변화 감지와 학습 민첩성. 새 기술을 '관람'하지 말고 '적용'하라. AI를 포함한 첨단 기술이 사업모델·공정·고객경험을 어떻게 바꿀지 늘 가설을 세우고, 작은 실험으로 빠르게 검증해야 한다. 핵심은 개인 학습이 아니라 조직 학습이다. 미지에 대한 두려움을 호기심과 실험으로 바꾸고, 전사(全社)의 학습 속도를 경영 지표로 관리하라. 학습이 빠른 조직이 결국 시장을 선도한다.

둘째, 사람 중심의 견고한 시스템 구축. '사람이 좋다'는 칭찬은 개인의 미덕이지, 운영 체계가 아니다. 1:1 관계가 아니라 역할·책임·권한이 명확한 프로세스가 회사를 지탱한다. 의사결정 기준을 문서화하고, 데이터 기반으로 정례 점검하며, 리더 부재 시에도 흔들리지 않게 표준운영절차(SOP)·핵심지표(KPI)·내부통제(ISC)를 갖춰라. 시스템은 기업의 자산이며, 성장의 탄성이다.

셋째, 공유와 협력으로 가치를 확장하는 리더십. 수직 권위의 시대는 지났다. 다양한 배경의 목소리를 끌어올리고, 아이디어가 흘러 다니는 수평·개방의 문화를 설계해야 한다. 피드백 루프를 짧게, 타 부서 협업을 일상화하고, 외부 파트너와의 공동개발·공동브랜딩으로 생태계를 넓혀라. 집단지성은 느리게 보이지만, 복잡계를 돌파하는 최적의 엔진이다.

영일에서의 배움은 한 줄로 압축된다. 선의는 출발점이고, 시스템은 지속의 조건, 협력은 확장의 방법이다. 기술의 큰 파도 앞에서 '현명한 CEO'는 다음을 반복한다. 기술을 배우고(학습), 절차로 굳히고(시스템), 함께 넓힌다(협력). 그 순환이 기업을 내일로 데려간다.

나는 여전히 믿는다. 기업의 목표는 이익에만 있지 않다. 건강한 시스템과 공정한 절차, 열린 협력으로 공동체의 신뢰를 키우는 일—그 위에 지속 가능한 성장과 품위 있는 성과가 놓인다. 그래서 현명한 CEO의 등장은 선택이 아니라 필수다. 변화의 속도가 빨라질수록, 기준과 품위를 잃지 않는 리더십이 더 절실해진다.

🕐 한 줄 나침반

선의는 출발점, 시스템은 지속의 조건, 협력은 확장의 방법이다.

15. 농촌공동체

양주에 자리 잡고 2년 남짓, 내 하루는 회사와 집 사이에 갇혀 있었다. 그런데 기술의 속도는 숨 가빴고, 내 마음은 여전히 친환경 유기농자재·유기농법의 연구와 특허 사업화를 향했다. 영일㈜에서 사업총괄본부장으로 뛰면서도, 나는 늘 연구를 지속할 환경과 사업화의 끈을 찾았다. 경기도 전역의 대형 교회, 새마을지회, 대한노인회 지부들을 두루 다니며 영업을 하던 중, 연천군의 한만용 회장과 운명처럼 만났다. 그 만남은 방향을 바꾸는 신호였다. '우리고장마을공동체연구소 두레와나눔'을 연천에 신고하고, 농촌공동체의 현장으로 들어갔다.

그때는 안락이나 수익을 계산하지 않았다. 오직 공동체 발전이라는 한 가지 열정. 군수·의장의 응원 속에 여러 방안을 제안하고, 한 회장의 인력 회사 일을 도우며 농촌의 현실을 몸으로 배웠다. 집수리, 산비탈 옹벽, 제초, 농약 살포, 멀칭 포설, 인삼 수확, 가족묘 관리, 출하 지원… 일은 끝이 없었다. 나는 '남의 일'이 아니라 '내 일'로 일했다. 그래서일까, 어르신들과 농장주들은 종종 일당 위의 보너스로 마음을 표현했다.

가장 매혹적이었던 계획은 민통선 내 수십만 평 산비탈에 서리태를 대량 재배하는 일이었다. 연천에서의 보람은 커졌고, 두레와나눔의 활동도 뿌리를 넓혀 갔다. 그런데 삶은 예기치 않은 방향으로 흘렀다. 아버지의 작고. 나는 어머니를 홀로 두지 않기로 결심했고, 사업의 무대를 고령으로 옮겼다. 돌봄의 책임이 시작되면서 연천에서의 활동은 잠시 숨을 골랐다.

농촌은 낭만이 아니다. 씨 뿌림부터 수확까지 지독한 현실과 마주하는 곳이다. 다만 그 고단함을 통과할 의지와 자연의 경이를 온몸으로 배우고 싶은 사람에겐, 의미 있는 삶의 학교가 된다. 고령에서 치매 노모와의 동거는 삶의 무게를 더했지만, 동시에 새로운 감사의 창을 열었다. 외부 활동이 줄자 글을 쓰고, 공부를 깊게 했다. '현명한 CEO'에 대해 다시 묻고, 오랫동안 붙잡아 온 농촌공동체의 가치와 연구 열망을 문장으로 세웠다. 두레와나눔은 장소에선 멈췄지만, 정신은 글과 배움 속에서 다른 형태로 자랐다.

이 여정은 결국 같은 문장을 가리킨다. 특허 사업화의 20년, 영일에서 본 시스템의 빈자리, 연천의 뜨거운 현장, 고령의 성찰까지―이 모든 것이 나를 성장시켰고, 이 시대가 요구하는 리더십의 본질을 드러냈다.

선함과 성실을 넘어 변화에 민감하게 대응하고, 사람 중심의 견고한 시스템을 세우며, 공유와 협력으로 가치를 확장하는 리더. 나는 그 길을 향해 오늘도 걷는다. 연천을 넘어 더 넓은 '공동체'가 어떤 방식으로 지속 가능한 가치를 만들고, 급변의 시대에 적응할지 묻고 또 묻는다. 두레와나눔의 정신은 내 안에서 숨 쉬며, 다음 현장과 다음 문장을 부른다.

> **한 줄 나침반**
공동체는 구호가 아니라, 함께 일한 땀의 총합이다.

16. 여성관

인생을 한 권의 책처럼 넘겨보면, '여성'이라는 장은 늘 성찰의 표지로 남았다. 사춘기의 연애를 건너뛴 채 어른이 되었고, 첫사랑의 애틋함은 높은 기준을 남겼다. 동시에 중요한 배움들을 비켜 가 '무지'의 빈틈도 길게 남았다. 두 아들의 아버지가 된 뒤에서야 비로소 알게 된 것들까지. 그 어설픔은 나의 여성관에 그림자를 드리웠다.

첫 인연은 사관학교 합격 뒤, 구미에서 대구로 가는 완행열차에서 시작됐다. 중3이던 지금의 아이들 엄마. 위문편지가 오가고, 면회가 이어지며 "오빠"는 해군중위 시절 "여보"가 되었다. 제복이 주는 안정감과 장래에 대한 막연한 신뢰가 결혼을 이끌었을 것이다. 그러나 전역 뒤, 결말은 이혼이었다. 돌아보면, 아내는 '나'라는 개인보다 '제복 입은 상징'과 살았던 건 아닐까 하는 질문이 남는다. 그 상실은 원형탈모로까지 번졌고, 생존의 벽과 맞붙던 시기에 치유의 시간은 허락되지 않았다.

백화점 특판을 떠돌던 어느 날, 소공동에서 유창한 일본어로 손님을 맞던 한 여성이 공허를 잠시 덮어 주었다. 그러나 '바름'의 기준과 생각의 균형이 어긋난 채 끝났다. 시간이 흘러, 성공CEO포럼 사무국장으로 뛰던 시절엔 문화이사 이○○ 여사와 8~9년을 동행했다. 단정한 마음, 든든한 어머니. 자녀들과도 다정한 신뢰를 쌓았다. 하지만 사업 실패와 생활의 한계 앞에서 관계는 서서히 멀어졌고, 어느 날 연락은 끊겼다. 사정과 설명 없이 닫힌 문은, 내 마음의 문도 조금 더 닫게 했다.

그럼에도 마음이 끌리는 결은 분명했다. 헌신과 결기로 가정을 지켜 낸 이들—임경란 씨 같은 사람에게서 나는 경외에 가까운 존경을 느꼈다. 깊은 대화의 공백이 길어지던 무렵엔 강순아 교수와의 만남이 있었다. 식품과 사업을 가로지르는 대화, 전문성과 인성의 조화. 내 감정은 존경을 넘어 추앙에 가까웠다. 고령으로 옮긴 뒤 좁아진 생활 반경에서 동경의 대상은 치매안심센터의 이○○ 주무관 한 분뿐이었다. 따뜻함과 헌신이 남긴 인상은 오래갔다.

나는 마음이 가는 이들에게 무엇인가를 '해 주는' 역할을 선호한다. 반대로 '받는' 일엔 서툴다. 아마도 과거의 상처가 남긴 버릇일 것이다. 그래서일까. 지금 내 삶의 계획에서 '여성'은 상수도, 변수도 아니다. 명확히 제외된 수에 가깝다. 이성 관계에서 행복을 찾으려 애쓰지 않는다. 다만, 따뜻한 대화를 나눌 수 있는 진정한 친구에 대한 갈망은 남아 있다. 공허를 메우려는 사치일까, 인간이라면 누구나 겪는 본연의 외로움일까—나는 아직 답을 찾는 중이다.

그럼에도 확실한 건 하나. 나는 지적이고 전문적이며 올곧은 인성을 갖춘 여성에게 깊은 평안과 풍요를 느낀다는 것. 그 감정은 소유가 아니라 존중의 이름으로 남아야 한다는 것. 그리고 관계가 다시 열릴지, 아니면 새로운 형태의 동행—동료·벗·사람—으로 남을지 알 수 없지만, 모든 경험은 결국 나를 단단하게 만들었다는 사실이다. 나는 내가 추구하는 가치—품위, 성실, 책임—를 잃지 않은 채 묵묵히 걸을 것이다. 그 길 위에서, 마음을 다치지 않게 지키되, 의미 있는 대화를 건넬 수 있는 벗을 맞이할 준비만은 해 두겠다. 닫힌 문은 보호이지만, 완전한 고립은 아니니까.

공허는 적이 아니다. 나를 돌아보게 하는 공간이다. 그 빈칸에 의미 있는 대화를 채운다.

17. 4번의 위기

    인생을 책처럼 넘겨 보면, '죽음'이라는 단어가 내 여정에서 낯설지 않았다. 우연과 자의, 자연과 선택의 형태로 네 번의 문턱을 건넜다. 그때마다 같은 질문이 남았다. "왜 나는 죽을 수 없었을까." 우연이라 하기엔 너무 또렷한 장면들―나는 그것들을 기도의 응답이자, 아직 끝나지 않은 사명의 신호로 받아들이게 되었다.

    첫 번째 위기―홍수의 강가, 여섯, 일곱 살 무렵 삼랑진.

    여름 홍수에 낙동강이 넘치고, 돼지와 농작물이 물 위를 스쳐 지나가던 아찔한 날. 형들과 강가에서 떠내려오는 것들을 건지려다, 나는 물살에 휩쓸렸다. 숨이 들고 나는 사이로 물 위와 아래가 번갈아 보일 때, 두 살 위 외사촌 형이 수풀 한 줌을 움켜쥔 손으로 내 손을 붙잡았다. 내가 뭍에 오르자마자 그 수풀은 물에 뜯겨 흘러갔다. 하찮아 보이는 한 줌의 생명줄―그날의 감각은 아직도 내 심장 근처에 박혀 있다. 기적이라 부르지 않을 수 없는 장면.

    두 번째 위기―일상의 사탕, 고령에서 치매 노모와 함께 살던 어느 아침.

    어머니가 기침을 누그러뜨리려 즐겨 드시던 눈깔사탕을, 나도 모르게 입에 물었다. 사탕이 기도를 막았다. 소리 없는 몸짓으로 베란다를 지나 아파트 밖으로 뛰쳐나갔다. 공사장 인부에게 손짓했지만, 응급 지식이 없어 어찌할 바를 몰랐다. 공기는 얇고, 시야는 좁아졌다. 그 순간 스쳤던 생각―"오늘 엄마를 어떻게 출근시키지." 그리고 '툭'―사탕이 주차장 바닥에 떨어져 두 동강 났다. 설명하기 어려운 일상의 기적. 그날 이후 사소한 것 하나에도 생의 무게가 배어들었다.

세 번째 위기—불영계곡으로 가던 차 안, EMBC로 뛰며 마음이 산산이 부서졌던 때.

배신과 좌절의 끝에서 나쁜 결심에 사로잡혔다. 차 안에서 넥타이로 목을 매는 연습을 하고, 소주 두 병을 비운 채 불영계곡을 향했다. 인적 드문 낮 시간, 계곡 입구에서 의외의 장면—경찰의 음주 단속. 계획은 허무하게 무너졌다. 그땐 운이 없다고 씩씩댔지만, 지금은 안다. 누군가가 나를 붙잡아 세운 순간이었다는 것을. 불발로 끝난 선택, 그러나 그 덕에 나는 다시 돌아올 수 있었다.

네 번째 위기—갯바위 위의 신고, ㈜녹색혁명을 하던 시기.

가까운 이들에게 100만 원을 구하지 못해 자존이 산산이 금 갔다. 영덕 앞바다 갯바위에 앉아 농약과 소주를 삼켰다. 누가 내 자리에 올 거라 상상이나 했을까. 멀리서 나를 수상히 본 관광객들이 119에 신고했고, 나는 포항의료원으로 실려 가 위세척을 받고 살아났다. 바다의 바람, 금속 트레이, 냉기의 조명—그날의 냄새가 아직도 남아 있다. 뜻하지 않은 타인의 시선이, 내 생을 다시 끌어당긴 날.

네 번의 문턱을 지나며, 나는 같은 자리로 돌아왔다. "우연인가, 사명인가." 어린 날의 수풀 한 줌, 주차장의 사탕 한 조각, 불영계곡 앞의 단속차, 갯바위의 신고 전화. 우연들이 겹치면 우연이라 부르기 어렵다. 나는 이제 믿는다. 아직 해야 할 일이 남아 있다는 것을. 죽을 수 없었다면, 살아야 하는 이유가 있기 때문이라고.

그래서 남은 삶은 질문의 뒤를 따르기로 했다. 사명은 거대한 표어가 아니라, 오늘의 선택에서 드러나는 작은 실천일지 모른다. 어머니의 출근을 먼저 떠올리게 만든 내 마음처럼, 타인을 먼저 떠올리는 우선순위일지 모른다. 쓰러진 자리에서 일어나는 습관, 좌절의 언어를 붙잡아 의미로 바꾸는 훈련, 그리고 내 경험을 타인의 생존법으로 나누는 일—아마도 그 축에서 내 사명이 어렴풋이 빛난다.

> ⏱ **한 줄 나침반**

살아남음에는 이유가 있다. 이유는 대개 타인을 향한다.

18. 걷기의 매력

나는 걷기에서 비로소 나를 다시 만났다. 2020년, 코로나의 어수선함과 한여름 폭우가 겹치던 때, 낙동강 자전거길 363킬로미터를 걸었다. 환갑을 앞두고 정신과 육체의 경계를 점검해 보려던 단순한 시도였다. 그런데 길 위에서 알았다. 걷기는 이동이 아니라, 존재를 재확인하는 위대한 행위라는 것을.

몸을 일부러 혹사시키며 걸을수록 정신은 오히려 맑아졌다. 머릿속을 맴돌던 잔상들이 형태를 얻고, 흩어진 생각의 파편들이 하나의 그림으로 모였다. 자연에 나를 맡기고 내면과 대화하는 시간—반성과 자성의 목소리는 늘 길 위에서 가장 또렷했다.

그 후로 나는 종종 하루 수십 킬로미터씩 걸었다. 명절과 연말엔 의미 있는 장소를 골라 걸으며 기억을 새겼다. 2021년 중추절, 저녁 6시에 양주를 떠나 중랑천을 따라 걸어 지자체별 풍경의 차이를 눈으로 익혔고, 새벽 청계천을 거슬러 광화문과 남산으로. 서울의 숲에 차를 두고 한강길을 따라 새벽의 서울함 공원에 닿았을 때의 놀라움. 임관 뒤 처음 승함했던 충남함의 '자매함'이라는 인연도 있었지만, 무엇보다 다 쓴 군함이 안보 교육과 관광용으로 쓰이는 풍경이 전해 준 세월의 유수—그 허무와 숙연이 오래 남았다. 한강에서 아라뱃길로 인천까지 걷다 입구를 놓쳐 고양대교를 건너며 관리 직원의 신고로 순찰차를 타고 되돌아온 일도, 삶의 한 페이지가 되었다.

프레데리크 그로의 말처럼 "걸을 때는 아무것도 하지 않는다. 그냥 걸을 뿐이다." 나는 걷는 동안 사회적 가면을 내려놓고 몸의 감각에만 귀를 기울인다. 발바닥이 땅을 딛는 촉감, 체중이 앞으로 이동하는 느낌, 바람의 서늘함, 풀잎이 스치는 소리. 그때 나는 '어떤 사람'이 아니라 '걷는 존재'가 된다. 걷기 명상에 깊이 잠기면 '나'와 '세상'의 경계가 옅어지고, 고요하고 순백한 감각만 남는다. 걷기는 내게 신체활동을 넘어 영혼을 맑히는 기도이자 명상이다.

걷기는 사유의 속도를 맞춰 준다. 너무 빨라 흩어지던 생각이 걷기의 리듬에 맞춰 정렬된다. 혈액순환이 오르며 뇌가 깨어나고, 끊임없이 변하는 주변 환경이 익숙한 생각의 고리를 끊어 창의의 틈을 연다. 리베카 솔닛의 '걷기의 인문학'을 읽으며 길 위에서의 영감과 문제 해결이 우연이 아니라는 것을 알았다. 무라카미 하루키가 달리기에서 소설의 방법을 배웠듯, 나는 걷기에서 문장의 샘과 해법의 실마리를 얻는다.

몸은 정직하게 응답했다. 자세를 바르게 세우고 걷자 오장육부가 자리를 찾듯 편안해졌다. 몸살 기운이 올라올 때, 나는 종종 걷기로 자가 치유를 경험했다. 코르티솔이 낮아지고, 꾸준한 걷기가 우울감을 덜어 준다는 연구처럼, 걷기는 신체를 넘어 마음을 바로 세우는 전인적 치유였다.

이제 걷기는 나의 철학이 되었다. 어머니와의 동행이 끝나면, 세계의 성지 순례길과 한국의 소중한 길들을 나의 두 발로 잇고 싶다. 걷기는 삶의 의미와 가치를 다시 일깨우는 방식이자, 세상 사는 참맛을 되찾는 도구다. 한 발 한 발은 단순한 전진이 아니라, 내면의 생각과 감정을 정리해 '더 나은 나'로 가는 용기다. 두 발로 쓰는 이 철학의 기록이 나의 다음 장을 열 것이다.

생각이 흩어질수록, 발걸음은 느리게—사유는 제 속도를 찾는다.

나는 부럽다

배상대(62년생)

2022년 1월 1일, 한강 둘레길 야간 도보 습작

팽팽한 피부의 노신사·귀부인보다

주름 위로 환한 미소를 머금는 그대가 부럽다

타인의 손길이 필요해 거대주택에 갇혀 사는

이보다 작은 컨테이너 하우스에서 흙 묻힌

손으로 텃밭을 가꾸는 그대가 부럽다

이중 삼중 체인록을 걸어야 잠이 드는 사장보다
대문을 활짝 열어 두고 낮잠을 청하는
그대가 부럽다

재테크 지식을 대화 주제로 뽐내는 누구보다
인생 2막, 3막의 가치를 나누는 그대가 부럽다

나이 들어 에로스의 자극을 좇는 심쿵 남녀보다
첫사랑의 달콤함을 추억하며 순수한 사랑을 갈구하는 그대가, 진정 부럽다

19. 미움받을 용기

나는 '일촌의 시간'도 아깝게 여겨 온 사람이다. 내 삶을 한 단어로 묶으라면 '목표 지향'. 의미 없는 술자리, 끝없는 잡담 같은 시간 소모를 본능적으로 피했다. 젊은 날엔 '군대 생활'이란 명분 아래 관계의 틀에 갇힌 적도 있었다. 전역 후 정글 같은 사회를 헤쳐 나오며 돌아보니, 버팀의 비결은 결국 '마음의 자세'와 '시간의 활용'이었다.

그 뿌리는 두 공동체에 있다. '정성·정밀·정직'으로 나를 세운 금오공고, '애국애족·희생·명예·책임·필승'으로 어깨를 넓힌 해군사관학교. 이 둘은 출신지를 넘어 삶의 토대였다. 목표를 향해 실천적으로 나아가고, 공동체와 국가 앞에 책임지는 자세. 이 가치는 갈등의 순간마다 등대가 되었다.

하지만 확고한 가치관은 때로 갈등의 원인이 되기도 했다. 일의 목적이 경조사보다 우선일 때, 나는 종종 소식을 흘려보냈다. 과거의 상처 때문이 아니라, 그 순간 내 목적이 거기 있지 않았기 때문이다. '행동은 과거가 아니라 현재의 목적이 결정한다'는 아들러의 목적론을 나는 자연스레 내면화하고 있었다.

나는 경조사 문화를 다르게 본다. 농경사회에서 '두레'와 '계'는 상호부조의 정신이었지만, 오늘은 '준 만큼 받는' 회계적 교환으로 변했다. 관계의 본질보다 형식적 의무로 서로를 재단하는 풍경은 급변하는 시대를 따라가지 못하는 아둔함처럼 보인다. 불필요한 인간관계만큼 정신을 소모하는 것도 없다. 나는 그 과정을 '감정의 소비'라 부른다. 그래서 양보다 질, 다수보다 소수의 '핵심 관계'에 집중한다. 나를 이해하고 공감해 줄 사람에게 시간을 건다.

이는 아들러의 '과제 분리'와 맞닿아 있다. 경조사 참석은 누구의 과제인가. '친구의 기대를 충족시키는 일'은 내 과제가 아니다. 내 과제는 오직 내 삶의 목적에 집중하는 것. 타인의 과제에 개입하지 않고, 내 과제에 타인을 끌어들이지 않는 선 긋기를 통해, 나는 불필요한 감정 소비를 멈추고 중요한 곳에 에너지를 배분했다.

그 과정은 '미움받을 용기'를 내면화하는 일이었다. 모든 이에게 사랑받으려는 순간, 삶은 타인의 기대에 종속된다. 자유는 타인의 시선에서 벗어나 내가 옳다고 믿는 길을 선택할 때 얻어진다. 미움을 받을 수도 있다. 그렇다면? 그 용기가 결국 나라는 삶을 구체화시킨다.

결국 내가 지향하는 삶은 고독하거나 이기적인 삶이 아니다. 새로운 형태의 공동체로 가는 길이다. 해체된 전통 공동체와 모래알처럼 흩어진 개인의 시대, 의무적 관계 대신 '공감과 정'을 나눌 수 있는 소수의 핵심 관계에 집중하는 것. 그것이 아들러가 말한 '사회적 관심'을 실천하는 방식이라 믿는다. 나는 관계의 양이 아니라 질을 숙고하며, 삶의 목적을 공유할 수 있는 사람들과 걷겠다. 진정한 자유와 행복은 모두의 기대를 충족시키는 삶이 아니라, 나에게 충실하고, 소수에게라도 진실하게 공감받는 삶에서 시작된다.

⏱ 한 줄 나침반

모두의 예쁨보다, 소수의 진심이 오래 간다.

　　　　　　　　　　　　　　　　　　　

한 갑자 지나니, 황금시대

배상대(62년생)

2022년 4월, 경기도북부 국도변 갓길 습작

사랑의 보살핌 속 유아기 지나자 반항의 일곱 살
참과 거짓, 바름과 거름을 가르던 학창 시절

직업 선택, 결혼, 자녀 양육―어느덧 할아버지·할머니
찰나의 시간, 기쁨과 슬픔―의무의 연속이었네

재벌·고관·명인의 '명'을 세워야 생의 황금기인가

"섭취한 분자는 잠시 머물다 떠난다"
루돌프 쉰하이머가 증명했지

한 갑자 순환하고도, 근력과 뇌세포의 생성과 소멸은 반복되네

의무의 껍질은 벗고, 자의의 도전은 끝이 없네

지금 이때, 비로소—진짜 황금시대

          묻다, 어떻게 살아야 하는가?

돌아보면, 내가 끝까지 붙잡은 건 성공의 모양이 아니라 삶의 자세였다.

- 생존: 쓰러져도 일어나는 법, 불리하면 줄이고, 필요하면 떠나는 결단.

- 명예로운 삶: 돈보다 약속, 직함보다 구조, 관계의 양보다 진심의 질.

- 성찰: 실패를 기록으로 남기고, 기록을 기준으로 삼아 같은 함정을 피하는 습관.

나는 몇 번 무너졌고, 몇 번 새로 시작했다. 잃어버린 짐은 가벼움을 남겼고, 끝난 인연은 기준을 남겼다. 걷기는 내 호흡을 맞춰 주었고, 일은 내 등을 곧게 세웠으며, 사람들은 내 마음을 다듬어 주었다. 그래서 이제 안다. 생존은 버티는 기술이지만, 명예로운 삶은 태도의 기술이고, 성찰은 그 둘을 이어 주는 다리다.

앞으로도 나는 같은 방식으로 간다.

- 배우고(학습),

- 굳히고(시스템),

- 함께 넓힌다(협력).

불투명 앞에서는 멈추고, 약속 앞에서는 실행으로 답하며, 관계 앞에서는 소수의 진심을 선택할 것이다. 길이 막히면 한 번 더 걷고, 마음이 흐려지면 한 줄 더 적겠다.

나의 생존은 누구를 이기기 위함이 아니고, 나의 품위는 누구에게 보이기 위함이 아니며, 나의 성찰은 어제의 나를 넘어 오늘의 나를 세우기 위함이다. 그렇게 내일도, 당당히—조금 느려도 바르게—걸어가겠다.

6부

치매 노모와의 동행

아침 8시 30분, 문을 닫으면 하루가 열린다. 신발의 방향, 물 한 컵의 온도, 사랑은 절차로, 존엄은 루틴으로 지킨다.

이 기록은 병의 설명이 아니라 함께 견디는 기술이다. 같은 질문에 같은 미소로, 밤의 불안엔 손등의 온기로. 사라짐엔 애도, 나타남엔 환대. 도움을 요청하는 용기와 맡기는 신뢰가 우리를 오래가게 한다.

몸이 먼저 말한다. 풀리던 아침의 안도, 살구 한 알의 여름, 찰흙 위에 펴진 손가락. 돌봄의 언어는 몸의 언어였고, 기록은 흩어지는 마음을 붙드는 끈이었다.

집과 골목, 시장과 고분을 오가며 나는 기준을 세운다. 관계의 질, 환경과의 교감, 공동체의 안녕. 대박이의 꼬리 풍차에 웃고, 1호 고분 앞에서 짧게 기도한 뒤, 시장을 지나 돌아와 메모 한 줄을 더 얹는다. 오늘도 같은 자리에 같은 따뜻함을 놓는다.

1. 노모와의 동거

2023년 5월, 아버지가 갑자기 세상을 떠나셨다. 우리는 곧바로 어머니의 돌봄을 논의했다. 뇌졸중 병력과 초기 치매 징후. 보훈병원 진단서를 바탕으로 장기요양 5등급이 나왔고, 나는 망설임 없이 어머니 곁으로 이사했다. 같은 아파트 1층. 중학교 졸업 후 45년 만의 동거였다. '충분히 숙고한 결정'이라기보다, "지금 내가 모시는 게 맞다"는 직감에 가까웠다. 후회는 없었다.

어머니는 학교를 다니지 못해 글을 읽고 쓰지 못하신다. 그래도 평생 두 동생을 업어 키운 장녀의 기개와, 타인에게 너그러운 포용으로 집안을 지탱해 오셨다. 지금은 주간보호센터(노치원)에 다니신다. 일상은 대체로

무난하지만, 가끔 가슴이 철렁 내려앉는 순간들이 온다.

아버지 장례를 마친 날 밤, 나는 잠시 잠들어 있었다. 깨어 보니 집이 휑했다. 형제들은 돌아가고, 어머니는 음식물 쓰레기를 버리러 나가셨다 했다. 현관 비밀번호를 모르시는 어머니가? 아파트를 한 바퀴 뛰어 돌았다. 반대편 입구에서 슬리퍼 차림으로 한 시간을 헤매고 계셨다. 그날 이후, 나는 밖에 나가실 때마다 문 앞 동행과 '돌아오는 길' 리마인드를 의식으로 만들었다.

또 한번은 잠이 오지 않아 단지를 걷고 있었다. 멀리서 지팡이를 짚고 뒤뚱뒤뚱 걸어오는 어머니. "우리 아들, 나는 놔두고 어디 갔노…" 울먹이는 목소리에 다리가 풀렸다. 그날 이후, 야간 산책은 표식을 남기고, 집 안에 작은 안내표를 붙이는 절차를 더했다.

어머니는 저녁을 먹고 약을 드신 뒤에도 물을 찾으시며 "약은?"을 묻는다. 사진을 가리키며 "저건 뭐고?" 같은 질문이 하루에도 여러 번 반복된다. 나는 매 끼니 새 밥을 하고, 유튜브에서 배운 찌개를 끓여 올린다. 편식이 심해 "골고루 드셔야 해요"라는 말이 잔소리처럼 입에 붙었다. 이 모든 반복이 우리의 하루를 지탱하는 리듬이 되었다.

인생 3막의 무대를 고령으로 옮기며, 느리게 흘러든 감정이 있었다. 공허, 답답함, 낯섦. "긍정으로만 살아왔다" 믿던 나에게 낯선 감정이었다. 그때 떠올린 곳이 치매안심센터였다. 장기요양 등급을 받던 날의 기억을 더듬어 문을 두드렸다. 담당 선생님은 보호자의 마음을 먼저 들어 주었다. 보호자 우울 측정 결과는 '중 정도'. 놀랐지만, 이름 붙여진 감정은 이미 반쯤 정리된 감정이었다.

치유의 시작, 치매안심센터의 힘, 상담을 거듭하며 알게 되었다. 보호자

관리도 '돌봄'의 일부라는 것을. 대화만으로도 가슴의 통증이 풀리는 체험을 했다. 관내 치매안심센터의 프로그램(보호자 교육, 치매 환자 가족 프로그램)은 우리의 동거를 '오래, 품위 있게' 지속할 구체적 도구였다. 특히 이○○ 주무관의 따뜻하고 능숙한 안내는 길을 잃지 않게 해 주었다. 나는 인정했다. 용기는 감정의 억제가 아니라, 도움을 요청하는 기술이라는 것을.

내가 믿는 질서, 인간은 미성숙한 존재로 태어나 사랑으로 길러지고, 노년에는 신경세포와 시냅스의 소실로 존엄이 흔들린다. 누구에게나 오는 자연의 질서다. 그래서 돌봄은 '누구의 몫'으로 고정할 수 없다. 딸의 몫이라는 통념에 나는 단호히 반대한다. 아들도, 며느리도, 손주도 할 수 있다. 더 정확히는, 함께 해야 한다. 신의 선물을 함께 받는 일이다.

나는 오늘도 하루의 의식을 이어 간다. 아침의 약 확인, 낮의 산책, 저녁의 식탁, 밤의 메모. 반복은 소모가 아니라 안정이다. 동거의 시간은 사랑의 내구성을 점검하고, 품위의 방식을 연습하는 시간이다. 우리는 이렇게, 오래 함께 살기 위한 '우리만의 시스템'을 만들어 가는 중이다.

⏱ 한 줄 나침반

반복은 소모가 아니다. 내일을 견디게 하는 안정의 리듬이다.

✏ 저자 노트

이 글은 2023년 치매극복 희망수기 공모전 응모작('노모와의 동거, 그리고 치매안심센터')의 내용을 바탕으로, 동거의 첫해를 기록한 회고다. 관내 치매안심센터의 실무적 프로그램과 따뜻한 상담이 '오래, 품위 있게' 동거할 수 있는 구체적 토대가 되었다.

2. 돈키호테

　나는 6학년 3반에 다니는, 장년의 남성 초보 주부다. 2023년 5월 아버지가 떠나시고, 75년을 함께한 어머니와 동거를 시작하며 얻은 직함이다. 존엄한 노후를 지키는 전업 주부—이보다 명확한 우선순위는 없다. 어머니는 장기요양 5등급, 주간보호센터에 다니신다. 출근은 08:30, 퇴근은 17:00. 그러나 주부의 핵심 시간은 06:30~08:30이다.

　아침의 리듬은 기상-청소-간단한 아침-깨우기-스트레칭-화장실-식사-근행-세수-외출 준비로 이어진다. 08:20에 집을 나서 08:30 등원차에 태워 배웅한다.

이 리듬을 정형화하기까지 수많은 시행착오가 있었다. 어머니는 출발 전 서너 번 화장실을 오간다. 기저귀를 소녀처럼 부끄러워하신다. 안방-화장실 동선을 정리하고, 자주 환기해 냄새를 지운다. 넘어짐이 가장 큰 리스크여서 시선과 손이 늘 앞서간다. 세 달이 지나자 45년의 간격이 조금 줄었고, 여섯 달이 지나자 긴장은 익숙함으로 변해 즐거움이 되었다. 08:30~17:00 사이의 시간은 나의 의지대로 쓸 수 있는 선물이었다.

그 시간에 나는 나의 꿈을 다시 꺼냈다. 어머니의 존엄만큼 나의 꿈도 소중하다는 자각. 고령군 도서관 대가야 독서회에 자진 입회했다. 매달 둘째 주 화요일 19:00~21:00, 강여울 작가의 지도로 열리는 작은 문학수업. 김멜라의 '제 꿈 꾸세요'를 놓고, 동성애·성소수자·기억에 남는 문장을 두고 의견을 나눴다. 입회 선물로 이영림의 '수필쓰기'를 받았다. 그날, "작품을 써야겠다"는 오래된 다짐이 몸을 박차고 나왔다. 어느새 9회째, 나는 모범적인 회원이 되어 있었다.

낙동강 363킬로미터 도보에서 시작된 '쓰겠다'는 약속은 내 속에서 자랐다. 구직·창업·투자 대기 중에도 늘 도서관의 위치를 먼저 확인했다. 책은 생존의 기술이자 품위의 도구였다. 그러다 신간 서가에서 김호연의 '나의 돈키호테'를 만났다. '불편한 편의점'의 작가. 책에는 사회가 원하는 방식이 아닌 자신만의 방식을 고집한 인물들이 나온다. 화자 '솔'과 장영수. 읽으며 두 장면이 유독 오래 남았다.

"기억나니? 네가 옛날에 이렇게 물었단다. '아저씨는 왜 어른들이 안 쓰는 말만 써요?' 꿈, 희망, 정의, 자유만 들먹인다고."(p.311)

"쉼 없이 달린 커리어가 한 방에 무너지고 나서야, 내 것이 아닌 것에 최선을 다했다는 걸 깨달았다. 경주마처럼 달렸지만 내 몫을 지키는 데는 서툴렀다."(p.16)

두 문장은 나의 과거와 마주 앉게 했다. 성취욕이 큰 이가 40 전후에 현실과 이상이 충돌할 때, 우리는 종종 '꼰대'의 그림자를 입는다. 나는 가족의 안위로 꿈·희망·정의·자유를 바꾸지 못했다. 후회하냐고? 아니다. 각자의 인생에는 각자의 답이 있다. 다만 성찰은 남는다. "내가 준 걸로 만족하고, 받으려 하지 말라"는 김수환 추기경의 말처럼, 조직에서의 성취는 결과이자 내적 근육이다. 그 축적이 지성의 품위를 만든다.

그리고 알게 됐다. 장영수는 스스로를 돈키호테가 아니라고 고백한다. 불의와 부패 앞에 온몸을 던진 적이 없었다고, 자신은 돈키호테를 흉내

낸 산초였다고. 나는 오늘, 장년의 남성 초보 주부로 산초의 옷을 입는다. 흉내로 머물지 않기 위해, 집안의 아침 2시간을 정교하게 세팅하고, 저녁 2시간을 독서와 기록으로 채운다. 어머니의 소소한 일상이 행복이 되는 삶—그게 지금의 나에게 '정의'이고 '자유'다.

돈키호테는 어쩌면 거창한 이름이 아니라, 매일의 작은 실천이다. 넘어짐을 막는 손, 냄새를 지우는 환기, 기저귀를 챙기는 루틴, 시간을 비워 책을 읽는 결정. 나의 돈키호테는 우상이면서, 동시에 내 곁의 산초다. 흉내로 시작해도, 꾸준히 하면 실력이 된다. 오늘도 나는 06:30에 하루를 연다.

🕐 한 줄 나침반

큰 이상은 작은 루틴에서 증명된다. 아침 2시간이 하루를 만든다.

✏️ 저자 노트

이 글은 2024년 치매극복 희망수기 공모전 응모작 '나의 돈키호테는 우상 혹은 산초'를 6부 톤에 맞춰 정리한 것이다. 1편의 동거 루틴에서 확장된 '아침 2시간-저녁 2시간'의 구조가, 돌봄과 자아 실현의 균형을 잡는 실제적 프레임이 되었다.

3. 고백록

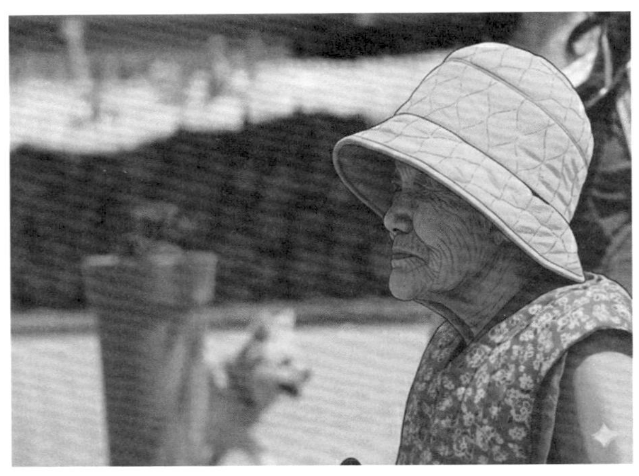

　나는 고령군 우곡면 논실에서 태어났다. 학창 시절은 대구, 진학은 금오공고와 사관학교, 삶의 2막은 구미·서울·경기. 장년의 시간을 고령에서 보내리라 상상해 본 적은 없었다. 전환은 갑자기 왔다. 아버지의 폐렴 입원과 영면, 75년 동행의 마침표. 홀로 남은 어머니 곁으로 가는 일은 선택이라기보다 당연에 가까웠다. 3남 1녀 중 여건이 되는 막내였고, 45년의 시공간을 건너 어머니와 다시 깊이 연결되고 싶었다.

　동거가 익숙해질 무렵, 정체성의 흔들림과 인지 저하로 인한 작은 갈등들이 고개를 들었다. 그때 만난 곳이 관내 치매안심센터, 그리고 이○○ 주무관이었다. 정확히 말하면, 진심 어린 공감이 햇살처럼 먼저 다가왔다. 뇌졸중 병력이 있는 어머니는 장기요양 5등급. 증상별 대처 요령을 묻기 위해 찾은 상담에서, 나는 보호자를 '함께 돌보는' 관점을 배웠다. 치매는 누구나 맞닥뜨릴 수 있는 생의 질서. 그래서 더 필요한 건 요령 이전의 의지, 의지에 닿는 체계였다.

'값진 자조모임'에 권유받아 기꺼이 들어갔다. 어머니와 함께한 꽃꽂이, 바리스타 체험, 산림치유 숲 나들이. 센터는 어느새 친구 집처럼 포근한 공간이 되었다. 가장 큰 변화는 내 마음이었다. "공감할 지인 한 사람도 없다"는 고립감이 풀리기 시작했다. 나는 연천에서 '두레와나눔'을 하던 습관대로 고령에서도 기획과 제안을 꿈꿨지만, 당장의 수익성 있는 용역은 오지 않았다. 대신 어머니 등원 시간에 맞춰 병원 동행 같은 비수익 활동을 기꺼이 맡았고, 남는 시간엔 읽고 쓰며 생각을 정리했다.

일상의 호흡은 단순하지만 든든했다. 지산동 고분군 주산을 시고르자브종 '대박이'와 한 바퀴. 1호 고분 앞에서 정견모주와 이진아시대왕께 인사하고 하루를 여는 의식. 센터의 '행복한 카페'에 들러 물 한 잔, 커피 한 잔 얻어 마시며 선생님들과 정보를 나누는 루틴. 나는 만나는 사람마다 상황이 닿으면 센터의 유용성을 전했다. 온라인 밴드 '치매 가족 모임'에서도 활발히 움직였다. 이○○ 주무관이 전해 준 교육 영상들을 공유하며 '다붓다붓 정보 전도사'를 자청했다. 먼저 배우고, 곧장 나누었다.

어느 날은 박순미 선생님의 말에서 글감이 피어났다. "내 손이 예뻐졌어요." 휘어진 손가락의 어르신이 찰흙 핸드 프린팅을 곧게 고쳐 놓고 하신 말. 우리 어머니와 이모의 손도 그랬다. 세월의 노고가 마음을 후벼팠지만, 곧게 고친 프린팅처럼 노년 또한 존귀하고 아름다울 수 있기를—그 바람을 문장으로 옮겼다.

센터는 보건소 소속의 공공기관이다. 시민에게 '국가기관'은 종종 높은 문턱으로 다가온다. 그러나 이○○·박순미 선생님 같은 따뜻한 환대가 문턱을 길로 바꿨다. 감사의 마음을 전하고 싶었다. 인공지능 학습 중 알게 된 suno로 노랫말을 청했다. "관내 치매안심센터 사회복지사·간호사의 헌신에 감사하는 노래를 만들어 달라." 제목은 '사회복지사의 헌신'. "아침 햇살이 비추는 그 길을, 삶의 무게를 나누어 주며…"로 시작하는 한 곡이 탄생했고, 밴드 '치매 가족 온라인 모임'에 올렸다(2024. 09. 17.). 햇볕이 훌륭한 살균제이듯, 치매 가족에게 선생님들은 햇볕 그 자체였다. 질병의 어둠을 비추는 사람들.

돌아보면, 고령의 이 시간은 동거를 넘어 '동행'의 의미를 새로 썼다. 돌봄은 혼자의 기세로 버티는 일이 아니라, 함께의 체계로 오래가는 일이라는 것을. 나는 오늘도 어머니와 걷고, 카페에서 물 한 잔의 안부를 나누고, 배운 것을 곧장 전한다. 고맙다는 말에 힘이 실린다. 우리가 함께 오래, 품위 있게 살 수 있다는 믿음에.

햇볕 같은 환대는 문턱을 길로 바꾼다. 그래서 우리는 오래 함께 간다.

이 글은 2025년 치매극복 희망수기 응모작 ‘치매안심센터에 대한 고백록’을 바탕으로 6부 톤으로 정리했다. 노모 동행의 3년 차, 자조모임·현장 루틴·온라인 공유·감사의 노래까지 ‘배우고-나누고-지속’의 선순환이 자리 잡았다.

4. 매일이 잔치

어머니는 우리 가족의 등불이었다. 양천 허씨 집안의 장녀로서 어린 나이에 어머니를 여의고 두 동생을 업어 키웠고, 열여덟에 중매로 시집와 75년을 아버지와 함께 걸으셨다. 모진 세월의 덮개를 같이 지고 오신 삶. 존귀와 존엄으로 노후를 보내시길 바랐다. 아버지 작고 뒤, 어머니는 장기요양 5등급 판정을 받았고 주간보호센터에 다니신다. 우리는 묻는다. "그 간절한 염원이, 과연 이루어질까."

어머니는 글을 읽고 쓰지 못하신다. 대신 삶으로 지혜를 가르치셨다. 끝없이 너그러운 관용과 포용. 자손은 번창했고, 증손만 해도 열일곱 명에 가깝다. 열 해만 더 사신다면 고손도 보실 것이다. 가족의 중심에는 언제나 어머니가 있었다.

달성에서 고령 우곡 논실 산 중턱 초가 마을로 옮긴 뒤부터 본격적인 고생이 시작됐다. 가진 것 없이 시부모와 네 아이를 먹여 살리고, 외지로만 돌던 남편을 기다려야 했다. 군에서 효부상을 주겠다 했을 때도 "효부상 받으면 자식이 잘 안 된다"는 말을 믿고 물리셨다. 눈앞의 쌀가마를 두고도, 더 먼 날을 본 선택이었다.

삼랑진·밀양·대구로 옮겨 다니며 좌판과 주물공장 일로 아이들을 키웠고, 장녀가 고령에 자리 잡은 뒤 사위가 겨울 아침 심장마비로 갑자기 떠났을 때 외손 셋을 대신 돌본 것도 부모님이었다. 어머니의 치매 기운은 일상에 큰 불편을 만들 정도는 아니지만, 세월 앞에 장사가 없었다. 어느 새벽, 내가 단지를 걷는 사이 지팡이에 의지해 "우리 아들, 나는 놔두고 어디 갔노" 하며 울먹이시던 장면은 지금도 선명하다. 그리고 반복되는 작은 질문들—"상대야, 저 사진은 뭐고?" "약은 먹었나?"—저녁마다 새 밥을 짓고 유튜브로 배운 찌개를 끓이며 나는 부드러운 잔소리로 답한다. "어머니, 오늘 드셨어요. 골고루 드셔요."

나는 막내로서 많은 내리사랑을 받았다. 중학교 무렵 가세가 기우니 '먹여 주고 재워 주고 공부시키는' 길을 찾아 금오공고·해군사관학교로 향했고, 대학원과 유학까지 장학금으로 공부했다. 해군 장교로 40세까지 근무하며 명예를 생명같이 여겼다. 이후 인생 2막은 사업의 굴곡이었다. 이익만 좇았다면 더 풍족했을지 모르지만, 지금의 정신적 자유와 건전한 사상은 지키지 못했을 것이다. 인생 3막은 경기도 연천의 '두레와나눔'으로 시작했으나, 아버지 떠나신 뒤 나는 곧장 어머니 곁으로 왔다. 같은 아파트

1층. 45년 만의 동거. 충분히 숙고한 결정이라기보다, "내가 모셔야 한다"는 직감이었다. 후회는 없다.

동거에는 웃으며 넘길 일도, 애간장을 태우는 일도 많았다. 45년의 간극을 인정해야 했고, 가끔은 명치가 꽉 막힌 듯 답답했다. 꽃 필 준비를 하던 무대가 고령으로 바뀌며 내 안에도 갈등이 움텄다. 그래서 우선순위를 정했다. 어머니의 존엄과 안락한 노후. 그 목표를 위해 내 갈등을 빠르게 수습하고, 생활의 리듬을 정형화하기로 했다.

오감이 살아 있는 어머니는 잘 드시고, 잘 주무신다. 나는 아침저녁 새 밥을 지어 밥상을 차리고, 잘 드신 날엔 내가 더 기쁘다. 어느 순간부터 누나와 셋이 밥을 먹는 날이 주 1~2회에서 3~4회, 지금은 거의 매일이 됐다. 식사 뒤엔 종교 서적과 신문을 30분쯤 낭독한다. 그 사이 어머니의 어린 시절 이야기, 우리가 몰랐던 옛 기억이 안주처럼 올라온다. "매일이 잔치 같다." 어머니 한마디에 소박한 음식이 잔치로 변했다. 가슴이 찡하게 울렸다.

7년 전 가까운 월산리로 이사한 누나는 매일 다른 메뉴로 저녁상을 함께 꾸렸다. 나는 10분 거리를 데리러 가고 데려다주었다. 벼가 영글 듯 정이 깊어졌다. 예전엔 가족의 중심이 어머니였다면, 지금은 '3인 식탁'이 그 역할을 대신한다.

마조의 "마음이 곧 부처"라는 선의 문장, 경허의 "봄볕 있는 곳에 꽃 피지 않는 곳이 없구나"라는 게송을 떠올린다. 내적 갈등을 억지로 꺾지 않고, 일상의 소박한 패턴으로 꽃을 피우는 길. 매일의 식탁과 낭독, 산책과 대화로 우리는 '매일이 잔치'가 되도록 삶을 빚는다. "어머니가 아픈 데 없고, 얼굴이 편안하다." 누나가 웃는다. 나는 답한다. "이게 행복 아이겠나!"

매일의 잔치는 메뉴가 아니라 마음이다. 함께 앉으면 잔치가 된다.

이 글은 2024년 대가야 독서회 정기간행물 '가야의 향기'에 실린 에세이를 6부 톤으로 정리한 것이다. '3인 식탁', '낭독 30분', '매일의 잔치'라는 세 개의 루틴이 동거의 품위와 가족의 중심을 단단히 했다.

5. 똥싸개

아버지가 떠나신 지 두 해. 어머니는 만 93세, 장기요양 5등급에서 4등급으로 조정되었다. 숫자는 조용히 악화의 곡선을 그린다. 치매 증상도 조금 더 깊어졌으리라. 전업 주부가 된 장년의 아들은 때때로 자괴와 회한의 파문을 가슴으로 통과시킨다. 그래도 아침 2시간의 루틴은 흐른다.

아침의 핵심 시간, 06:30~08:30 기상-청소-간단한 아침-깨우기-스트레칭-화장실-식사-근행-세수-산책 준비. 08:20에 집을 나서 08:30 등원차에 배웅한다. 어머니는 허리가 휘고 다리가 굽어 낙상 위험이 높다. 출발 전 보통 화장실 네 번. 요즘은 팬티를 올리는 일도 벅차 매번 옷매무새를 정리해 드린다. 동선은 눈에서 벗어나지 않게 설계했다. 어머니 방과 나란한 6인 식탁, 그 맞은편 원형 탁자에 내가 앉아 업무를 보며 어머니를 '정면'으로 본다. 모서리마다 손을 짚고 이동할 수 있게 플라스틱 의자를 점점이 놓았다. 아침엔 매의 눈이 된다. 화장실에 오래 계시진 않는지, 근행 중 기침은 없는지. 아버지의 폐렴은 '가벼운 기침'에서 시작됐다는 사실을 잊지 않기 위해.

어느 날 주간보호센터 선생님이 전했다. "어머니가 변비로 힘들어하시나 봐요." 그날 저녁 변비약을 드렸다. "편찮으면 꼭 말해 달라"는 잔소리를 곁들였다. 다음 날, 평소처럼 아침 루틴을 밟다가 '조용한 불길함'을 감지했다. 화장실에 들어가 보니—입구에서 변기까지 띄엄띄엄 이어진 누런 자국. 어머니는 한 손으로 변기를 붙들고, 한 손으로 휴지를 쥔 채 번

  묻다, 어떻게 살아야 하는가?

지는 자국을 닦으려 애쓰고 계셨다. 바지를 내린 채 바둥거리며 넘어짐을 버티는 몸. 다행히 상의는 깨끗했다.

나는 먼저 바지와 팬티를 벗겨 대야에 담갔다. 하체를 씻기고, 냄새가 새지 않게 문을 닫은 뒤 새 옷을 입혀 정시에 등원차에 태웠다. '사고였지만 제시간에 보냈다'는 안도감이 온몸을 데웠다.

대박이와 산책을 마치고 돌아온 집은 아무 냄새도 없었다. 샤워와 대대적인 물청소를 하며 빨래를 했다. 그제야 기억이 정리되며 냄새가 '사건'에서 '감정'으로 스며들었다. 다행이다—오늘 병원 입원은 피했다. 감염병 소식이 도는 요즘 병원 대신 집을 지킬 수 있어 다행이다. 그 순간, 어머니의 똥 냄새는 향기로웠다. 갓난아기였던 내 똥을 어머니가 그렇게 여겼을까. "똥 싸 주어서 고마워요." 변비가 풀려 감사했고, 사랑은 그렇게 몸으로 다시 확인되었다.

관찰의 기술, 사랑의 기술, 저녁 식탁에 둘러앉아 누나가 말했다. "손자들 조용하면, 그게 사고 친 기라." 치매 돌봄도 같다. 조용함은 종종 신호다. 보호자는 관찰력과 감각을 키워야 한다. 기척의 변화, 냄새의 결, 시간이 흐르는 속도. 그 작은 징후들을 먼저 듣는 귀가 사랑의 기술이다.

나는 믿는다. 노년은 유아기의 순수로 되돌아가는 길이고, 치매와의 동행은 그 순수에 품위를 덧입히는 일이라고. 받은 사랑을 되새김하여 되돌려 드리는 일. 변비가 풀린 어느 아침, 화장실에서 나는 다시 배웠다. 돌봄의 언어는 결국 몸의 언어라는 것을. 빠르게 씻기고, 재빨리 갈아입히고, 제시간에 배웅하는 일—그 수습의 속도가 존엄을 지킨다. 그리고 남은 냄새는, 사랑의 잔향이었다.

돌봄의 언어는 몸의 언어다. 빠르게 수습하는 손이 존엄을 지킨다.

이 글은 2025년 치매극복 희망수기 응모작 '똥싸개 엄마와 변비'를 6부 규칙에 맞춰 정리했다. 아침 2시간 루틴, 동선 설계, 관찰의 기술이 한 장면에서 어떻게 작동하는지 보여 주며, 수습의 속도가 곧 존엄의 기술이라는 깨달음으로 맺었다.

똥싸개 엄마에게

우리고장 마을공동체연구소 두레와나눔

대표 배상대

아침 햇살 아래

휘어진 등 굽은 다리

고요히 흐르는 시간

사고는 예고 없이 찾아오고

막내아들 매의 눈이 되네

변비는 풀리고

누리끼리한 냄새

화장실 가득 번져

어머니의 수치심

아들의 안도감

당황한 얼굴

바둥거리는 손길

황급히 옷을 벗기고

씻어드린 그 자리

사랑의 깨달음

내가 갓난아기 시절

어머니도 그랬을까

향기로웠던 나의 똥

이제 어머니의 흔적

존경과 감사의 향기

똥 싸주어서 고마워요

아프지 않고 건강하게

마지막 여정 함께

숭고한 사랑의 발현

존엄한 노년을 살아요

   묻다, 어떻게 살아야 하는가?

6. 살구 줍던 날

여름이면 연조리 주산 언저리, 누나네 밭 경사면을 지키는 살구나무가 먼저 인사를 건넨다. 5미터는 족히 넘는 키, 바람 불면 사각거리는 잎 소리, 햇살 아래 길게 드리운 그늘. 척박한 땅을 버텨 온 수호신 같았다. 가지마다 황금빛이 번지기 시작하면, 나는 어머니를 떠올린다. 아흔넷의 지금, 많은 기억이 흐려졌어도 살구의 맛만큼은 또렷이 남아 있으니까.

어머니의 청춘은 우곡 논실에서 시작됐다. 시부모와 3남 1녀를 키우며, 오랜 세월 집을 비우던 남편의 빈자리까지 홀로 감당하던 시절. 살구나무는 허기와 고단 사이에서 건네던 달콤한 위로였다. 군의 효부상도 "받으면 자식이 잘 안 된다"는 말 하나로 사양하셨다. 자식의 앞날이 늘 자신의 상보다 먼저였던 분. 그런 어머니에게 살구는 단순한 과일이 아니라, 견딤의 맛이었다.

한여름, 살구는 약속처럼 '툭, 툭' 떨어진다. 경사면을 타고 구르는 둥근 빛을 따라 쭈그려 앉아 살구를 줍는다. 벌레 먹지 않고 온전한 것, 어머니가 좋아하실 것만 골라 바구니에 담는다. 노란색과 주황색이 겹친 껍질의 부드러움, 코끝을 간질이는 새콤달콤한 향, 한입 베어 무는 순간 터지는 과육의 전율. 때로는 나무 위에서 못 본 단단한 놈이 '퍽' 하며 정수리에 떨어진다. 아프다기보다 우습고 유쾌하다. 그 순간만큼은 소년처럼 웃는다.

줍는 동안, 나는 어머니의 청춘으로 걸어 들어간다. 허기진 아이들 손에 쥐여 주던 살구, 하늘만 올려다보며 마음을 다독이던 저녁, 쌀가마니 대신 선택한 자식의 앞날. 내 허리의 뻐근함 따위는 비교가 되지 않는다. 살구 하나를 바구니에 던질 때마다 가슴이 저릿해진다. 억척과 사랑의 무게가 손끝으로 스민다.

바구니가 차면 뿌듯함이 무게가 되어 팔을 당긴다. 최고의 것만 골라 냉장고에 고이 둔다. 어머니가 언제든 꺼내 드실 수 있도록. 한입 베어 무는 순간, 어머니는 눈을 지그시 감고 잠시 멈춘다. 그 표정이 말해 준다. 이 맛이 곧 그 시절의 위로였음을. 기억은 희미해져도 미각은 길을 기억한다.

나는 매해 여름 같은 질문을 한다. 내년에, 그다음 해에도 이 나무 아래서 살구를 주울 수 있을까. 나무의 키를 줄일 수도, 어머니의 기억을 되돌릴 수도 없지만, 나무가 제자리를 지키고 내가 그 아래 몸을 낮출 수 있다면, 어머니 입가의 미소는 다시 피어날 것이다. 그것이면 충분하다. 이 여름의 향기가, 어머니의 기억 속에 오래 남기를 바랄 뿐이다.

◔ 한 줄 나침반

기억은 흐려져도, 미각은 길을 기억한다.

✐ 저자 노트

계절의 의식으로 남겨 둔 한 날의 기록. 한 알의 살구에 어머니의 견딤과 사랑을 담아, 동행의 시간이 '기억의 방법'을 잃지 않도록 붙들어 두려 했다.

2025년 7월에 중앙치매안심센터 주관의 '2025년 치매극복 희망수기 공모전'에 응모하였다.

살구

우리고장 마을공동체연구소 두레와나눔

대표 배상대

여름 햇살 아래

어머니의 주름진 손

달콤하고 시큼한

인고의 세월을 줍는다

묵묵히 뿌리 내린
굳건한 나무처럼
쓰라린 삶의 언덕
지켜 온 사랑의 열매

황금빛 살구 한 알
가난을 견딘 맛
기억은 희미해도
사랑은 영롱하다

한입 베어 물 때마다
가슴 저릿한 추억
그때 그 시절의 향기
영원히 마르지 않으리

7. 펴진 손

고령으로 돌아온 건 선택이라기보다 맡아야 할 자리를 알아본 결과였다. 아버지의 마지막 기침 이후, 홀로 남은 어머니 곁으로. 장기요양 4등급, 거동은 불편하고 기억은 안개처럼 옅어졌다. 그럼에도 내 마음에 가장 선명한 건 어머니의 손이었다. 굽을 대로 굽은 손가락, 굵어진 마디, 검게 그을린 손등. 뜨거운 솥뚜껑을 들고, 거친 빨래를 비비고, 밭고랑의 흙을 일구던 세월이 그대로 박혀 있었다. 한 사람의 전쟁과 가난, 헌신이 손에 새겨진 지도처럼.

어머니만이 아니었다. 이모의 손도, 같은 모양으로 굽어 있었다. 나는 60년을 넘게 살아왔지만, 연필과 키보드에 익숙한 내 손은 그 손들과 다른 시대의 것 같았다. 그래서였을까. 그날, 치매안심센터에서 열린 "내 손에 피어나는 아름다움" 핸드 프린팅 행사에서 본 장면이 오래 남았다.

찰흙 위에 손바닥을 찍는 단순한 행사. 어머니의 손은 굽은 채로 찍혔다. 바로 옆, 손가락이 심하게 굽은 다른 어르신의 프린팅도 잘 나오지 않았다. 그때 사회복지사 박순미 선생님이 다가가, 손가락 하나하나를 조심스레 펴 주었다. 숙련된 조각가처럼, 그러나 더 따뜻하게. 굽었던 손가락이 찰흙 위에서 곱게 펴지는 순간, 그 어르신 얼굴에 환한 미소가 번졌다. "내 손이 예뻐졌네요." 짧은 한마디가 행사장을 채웠다. 그 순간, 내 머릿속엔 어머니의 손이 섬광처럼 떠올랐다. '어머니의 손도, 저렇게 곱게 펴질 수 있을까.'

나는 그 말의 깊이를 오래 생각했다. 펴진 손가락은 그분의 젊은 날이었을까. 혹은 오랫동안 미뤄 둔 소박한 아름다움의 회복이었을까. 마음의 평화가 얼굴에 내려앉는 것을 나는 분명히 보았다. 그리고 다짐했다. 비록 현실에서 어머니의 손가락을 곱게 펴 드릴 수는 없더라도, 그 마음을 어머니께 선물하는 법을 배우자고. 다음엔 어머니 손가락을 하나하나 어루만지며, 찰흙 위에 곱게 찍어 드리자. 그 프린팅을 방에 걸어 두면, 어머니는 가끔 그걸 보며 잠시라도 미소 지을 수 있지 않을까.

돌봄은 화려한 기술이 아니라, 작은 배려의 끈기라는 것도 배웠다. 나는 늦깎이 주부로서 어머니의 식사를 준비하고, 약을 챙기고, 밤늦은 뒤척임을 지킨다. 지칠 때마다 떠올린다. 굽은 손으로 평생을 버텨 우리를 살려 낸 그 시간들을. 그리고 찰흙 위에서 곱게 펴진 그 손의 순간을. 현실의 손가락은 펴지지 않아도, 마음의 손가락은 얼마든지 펴질 수 있다. "어머니 손, 참 곱네." 그 한마디가 어머니 마음에 남는 미소가 되기를 바랐다.

나는 안다. 세월과 질병의 흔적을 되돌릴 수는 없다. 그러나 따뜻한 말 한마디, 조심스런 손길 하나로 하루의 표정은 바뀐다. 어머니의 굽은 손은 내 마음속에서 언제나 가장 아름답다. 나는 그 손을 꼭 잡고, 남은 세월을 끝까지 함께 걸어갈 것이다.

ⓢ 한 줄 나침반

현실의 손가락이 펴지지 않아도, 마음의 손가락은 언제든 펼 수 있다.

✏ 저자 노트

한 번의 핸드 프린팅이 보여 준 '작은 배려의 큰 울림'을 기록했다. 펴지지

묻다, 어떻게 살아야 하는가?

않는 손가락 대신, 먼저 마음을 펴 드리는 법—말과 손길의 온도로 돌봄의 품
위를 세우려 했다.

어머니의 손

우리고장 마을공동체연구소 두레와나눔

대표 배상대

굽고 닳은 손

인고의 세월을 쥐고

뜨거운 솥뚜껑 들고

거친 삶을 견딘

사랑의 훈장

찰흙에 찍힌
굽은 그림자
오랜 그림자처럼
겹쳐진 고통의 흔적
막내아들 가슴 저리네

박순미 복지사님의
따스한 손길
하나하나 펴지는
곱고 고운 손가락
막내아들 눈시울 붉히네

펴진 손 보며
어린아이처럼 웃네
"내 손이 예뻐졌네요"
희미한 기억 속
피어난 어머니의 젊은 날

현실은 펴질 수 없어도
내 마음에 새겨진
가장 아름다운 손
남은 세월 함께
따스히 걸어갈게요

8. 문학기행

　장년이 되면 설렘이 점점 드물어진다. 세상사와의 타협이 감성을 마르게 해서인지, 예쁜 꽃 앞에서도 "참 예쁘다"를 삼키고, 품위 있는 사람을 봐도 감탄을 아낀다. 그래서인지 독서회는 내 감성을 깨우는 귀한 모임이고, 그중 백미는 문학기행이다. 옥천으로 떠나기 전날까지 괜히 심장이 두근거렸다. 아, 아직 내 안에 설렘이 살아 있구나.

　5월 11일 토요일, 유림회관 앞. 맑은 공기에 몸을 씻기듯 걸어 버스에 올랐다. 회장과 총무의 세심한 준비, 반듯한 진행, 화창한 날씨—출발부터 마음이 넉넉해졌다.

　첫 기착지, 육영수 여사 생가 조선 후기 충청 반가의 전형을 품은 집. '교동집'이라 불렸고, 김·송·민 정승의 집이 모여 있던 '삼 정승집'의 내력도

깃들어 있다. 2005~2006년 발굴을 통해 네 동의 건물지가 확인되었고, 일부 훼손과 이전 흔적까지 기록이 남았다. 올해는 서거 50주년. 1974년 8월 15일, 국립극장에서의 그 장면—단상 위 박 대통령의 연설, 옆자리에 앉아 고개를 살짝 기울이던 여사의 마지막 모습—이 생가의 처마와 겹쳐 보였다. 청와대의 안주인은 여러 번 바뀌었지만, 마음속 '국모'의 자리는 여전히 한 사람에게 돌아간다.

점심을 송고가에서 든든히 하고, 정지용 생가·문학관으로 향했다. "얼굴 하나야 손바닥 둘로 폭 가리지만, 보고 싶은 마음 호수만 하니…" 오래 흥얼거렸던 그 구절의 주인과 제목—정지용의 '호수'—를 문학관에서야 똑바로 만났다. 무지였구나 하는 자책과 함께, 뒤늦은 만남의 감동이 함께 올라왔다.

정지용은 현대시의 길을 연 선구자였고, 청록파의 스승이기도 했다. 구읍의 생가는 1996년에 당시 모습으로 복원되었고, 부친의 한약방과 우물까지 되살려 놓았다. 벽면을 채운 역대 정지용문학상 수상작들—2024년 이재무의 '3월'에서 1989년 박두진의 '서한체'까지—앞에 서니, 우리 같은 소규모 독서회 회원도 문장 앞에서 더 단정해져야겠다는 다짐이 절로 들었다. "나도 제대로 한번 써 보자."

마지막 코스, 부소담악 군북면 추소리. 호수 위 병풍처럼 서 있는 바위 능선. 추소정에 서면 약 700미터의 병풍바위가 시름을 덜어 준다. 대청댐으로 산 일부가 물에 잠기며 지금의 풍경이 빚어졌다고 한다. 송시열이 "소금강"이라 불렀다는 말이 선명해졌다. 2008년 '아름다운 하천 100곳'에 이름 올린 이유가 눈앞에 펼쳐졌다.

　복귀 버스 안은 출발 때와 달랐다. 회장의 진행 아래 노래가 흐르고, 초대 손님의 시 낭송이 품위를 더했다. 장년이 주축인 모임에서 '소년·소녀의 마음'으로 돌아간 시간—문학기행이 설렘을 친밀감으로 바꿔 놓았다는 걸 확실히 알 수 있었다. 벌써 내년 문학기행이 기다려진다. 그리고 한 가지 더, '가야의 향기' 30호를 더 단단히 만들자고 마음을 모았다.

기록은 설렘을 오래 보존하는 그릇이다. 본 것을 쓰면, 본 것이 내 것이 된다.

2024년 '가야의 향기' 수록 에세이를 6부 호흡에 맞춰 정리했다. 생가-문학관-자연 풍경을 잇는 동선 속에서 '설렘이 친밀감으로 변하는 순간'을 붙들었다. 다음 문장으로 이어지기 위해, 본 것을 쓰고 느낀 것을 남기는 작은 약속을 덧붙였다.

9. 어떤 부고 소식

며칠 전 들려온 금오공고 동기 이육헌의 부고는 조용히 심장을 두드렸다. 졸업 후 한 번도 마주치지 못했지만, 단정하고 잘생겼던 친구. 사극 속 조연으로 스친다던 소식만 가끔 들었는데, 탁구를 치고 돌아와 갑작스레 세상을 떠났다고 했다. 천명이었을까, 숨겨진 지병이었을까. 알 수 없는 물음들 사이로 남는 건 하나—오늘을 어떻게 살아야 하는가.

삶과 죽음의 경계는 늘 불분명하다. 한 사람의 부재는 '영원할 것 같은 착각'을 산산이 깨뜨린다. 그의 부고는 나에게 "나는 무엇을 위해 살며, 무엇을 남기고 떠날 것인가"를 다시 묻게 했다. 한 조각 기억이 영원히 멈출 때, 남은 우리에게 떨어지는 건 지금 이 순간의 소중함이라는 사실이다.

나는 다른 부고들을 떠올렸다. 2014년 봄, 구미에서 듣던 세미나. 반가움으로 다가갔지만 응답이 없던 옛 인연—함○○ 대령. 몇 해 뒤 들려온 한강 투신 소식은 말문을 닫게 했다. 그의 삶을 재단할 수는 없지만, 외적 성공이 내적 평화와 동일하지 않다는 자명한 진실만은 또렷해졌다. '바른 삶'은 무엇인가. '성공'은 무엇을 의미하는가. 사회가 부여한 이름표와, 스스로 내리는 승인 사이의 간극은 얼마나 넓은가.

박○○ 중령의 부고도 그 질문을 겹쳐 놓았다. 현역에서 최고위까지 오른 길, 남들이 보기에 '성공의 전형' 같았던 이들의 마지막. 타오르듯 달려온 열망이 스스로를 태워 버리는 순간은 없었을까. 겉의 빛이 속의 공허를 메우지 못했을 가능성을 우리는 부정할 수 없다. 유한 속에서 무한의 의미를 길어 올릴 철학—결국 그것이 우리 삶의 내구성을 만든다.

나는 장년의 남성 초보 주부로서, 부고 소식들을 '오늘의 루틴'으로 번역해 본다. 거대한 답 대신, 작은 실천. 어머니의 아침 두 시간, 정시에 배웅하는 손, 냄새와 기척의 미세한 변화에 먼저 반응하는 감각, 저녁의 독서와 기록, 걷기의 호흡. 외적 성취의 크기를 좇기보다, 내적 평화를 낳는 반복을 다지는 일. 타인의 시선보다 나의 기준을, 남의 성공 공식보다 나의 철학을.

우리는 모두 유한하다. 중요한 건 "언제까지"가 아니라 "어떻게"다. 삶이 덧없다는 사실이 절망이 되는 걸 막는 유일한 길은, 오늘의 선택을 의미로 채우는 일이다. 육헌의 평안을 빈다. 그리고 내 자리에서의 대답을 이어 쓴다. 어머니의 손을 잡고, 약속을 집행하고, 기록으로 성찰을 남기고, 밤이면 한 장 더 읽는다. 그렇게 내적 평화가 바깥의 품위를 이끌어 내길 바라며.

> ⏱ **한 줄 나침반**

유한을 이기는 것은 '길이'가 아니라 '깊이'다. 오늘의 선택에 의미를 채운다.

10. 읍내 산책

매일 08:30, 어머니가 주간보호센터로 떠나시면 나와 시고르자브종 대박이의 시간이 열린다. 상실의 자리에 리듬을 놓기 시작한 지 두 해. 아침부터 오후 5시까지의 몇 시간은 여가가 아니라, 마음을 다시 세우는 일과다. 대박이는 혈통서보다 꼬리의 풍차로 자신을 소개하는 개다. 그 자유분방함이 요즘의 공기—정형보다 개성을 존중하는 흐름—와 닮았다. 남성 전업주부라는 나의 '새 역할'처럼.

나는 이 시간을 걷기로 꿴다. 걷는 동안 정체성과 역할, 책임의 경계를 다시 긋는다. 치매 돌봄은 전부(Full care)가 아니라, 스스로 할 수 있도록 돕는 최소의 개입을 배우는 일. 환자가 아니라 '사람'으로 먼저 보는 시선. 그 철학을 되새기며 발을 내딛는다.

길은 대가야 왕도의 심장을 지난다. 서북에 앉아 동남을 보는 술좌진

　　　　　　　　　　　　　　　　묻다, 어떻게 살아야 하는가?

향의 기운, 동쪽의 회천과 남쪽의 안림천이 읍내를 감싼다. 두 물길은 우곡면 객기촌을 거쳐 낙동강으로 몸을 섞는다. 예전 '손터 나루터'였던 자리—맞이하고 보내는 일을 반복하던 곳. 부친의 작고 이후 전업주부라는 새 역할로 건너온 내 삶과 겹친다. 물은 흐르며 잇고, 품고, 바꾼다.

제방을 따라 걷다 보면 '낙동강 독수리 식당' 현수막이 바람에 나부낀다. 겨울을 버티러 온 독수리를 도우려는 사람들의 마음—자연과 공존의 작은 선언. 걷기는 개인의 생을 고령의 역사·자연·지금의 변화와 연결하는 실습이 된다.

걷기의 정점은 지산동고분군이다. 대가야 지배층의 묘역 앞에서 나는 늘 1호 고분에 인사한다. 정견모주와 이진아시왕에게 하루를 맡기듯 고개를 숙인다. '아시'라는 이름에 배어 있는 모신 신앙의 기운 앞에서, 나는 어머니의 현재 또한 그에 못지않은 존엄을 지녔음을 확인한다. 과거의 영광과 현재의 책임이 만나는 자리—존엄은 제도나 직함이 아니라, 오늘의 돌봄에서 증명된다는 사실.

고분군을 지나 모듬내길을 건너 시장으로 들어서면 '살아 있는 읍내'가 펼쳐진다. 4·9일 오일장의 소란, 수구레 국밥의 김, 80년 대장간의 망치 소리, 60년 참기름집의 고소한 바람. 오래된 손기술이 내는 소리는 현재형이다. 동시에 비어 가는 집과 가게들이 남긴 공백도 보인다. 빈집은 숫자만의 문제가 아니라, 활력과 위생과 안전의 문제로 번진다. 쇠퇴의 풍경 앞에서 나는 '개인의 역할'을 묻는다.

그 물음은 곧 '함께 사는 법'으로 넘어간다. 읍내의 달라진 얼굴—늘어나는 외국인 주민과 그 가족들. 노동력의 공백을 메우는 든든한 이웃이지만, 편견과 열악한 환경이 여전한 이들. 그래서 걷다 보면 '포용적 복지'라는 단어가 자주 떠오른다. 소외 없이, 존중을 전제로, 더불어 살게 하는 장치. 혼자 사는 어르신과 그 곁의 요양보호사를 마주칠 때면, 내 돌봄의 현실과 지역의 돌봄이 한 장면으로 포개진다.

산책이 끝날 무렵, 나는 다시 오늘의 다짐으로 돌아온다. '존엄한 노후'는 생명 연장의 다른 말이 아니다. 질병 중에도 인간으로서의 존엄과 삶의 질을 지키는 상태. 가족 돌봄의 한계를 사회가 함께 떠받치는 체계. 어머니를 '노치원'에 모시는 선택은 그 체계에 기대는 용기였다. 초고령 사회의 과제는 특정 가족의 의무가 아니라, 공동체의 책임이라는 것을—나의 일상은 조용히 증언한다.

고령에서의 산책은 과거의 존엄과 현재의 책임, 사라지는 것들과 새로오는 것들 사이에서 의미를 찾는 훈련이었다. 대박이와 함께 나는 사라짐을 애도하고, 나타남을 환대한다. 장년의 남성 초보 주부라는 새 역할 속에서 회복 탄력성을 배우고, 외부의 성공 대신 관계의 질·환경과의 교감·공동체의 안녕을 삶의 기준으로 옮긴다. 유한한 시간 속에서도, 우리는 새로운 소속감과 목적의식을 만들 수 있다. 진정한 존엄과 의미는 거창한 완성보다, 불완전함을 안고도 서로를 살리는 참여와 연민 속에서 발견된다.

그래서 나는 오늘도 걷는다. 어머니의 존엄을 지키는 작은 루틴을 정비하고, 마을의 변화를 눈으로 기록하며, 이곳 고령에서 삶의 의미를 새긴다.

> 🧭 **한 줄 나침반**
>
> 존엄은 말이 아니라, 오늘의 돌봄과 절차로 증명된다.

11. 가족의 행복을 찾아서

우리 가족의 역사는 90년을 넘는 시간 속에서 기쁨과 슬픔, 그리고 묵묵한 사랑이 켜켜이 쌓인 이야기다. 의식주조차 버거웠던 시절을 통과한 1세대의 등뼈, 그 무게를 고스란히 떠안은 2세대의 손, 그리고 풍요의 시대로 건너온 3세대의 어깨. 이 세 겹이 오늘의 우리를 만들었다.

어머니는 아흔셋. 아버지와 75년을 함께 건너셨고, 지금은 기억의 안개 속에 사신다. 군에서 내린 효부상도 "그 상 받으면 자식이 잘 안 된다"는 옛말 하나로 물리셨다. 상보다 자식을 앞세운 선택—어머니의 삶이 늘 그러했다.

나는 3남 1녀의 막내로, 중학교 무렵 "공부로 집안을 일으키겠다"고 마음을 세웠고, 학비 들지 않는 학교와 군의 길을 통해 배움의 사다리를 놓았다. 그러나 내 배움의 뒤에는, 학업 대신 공장으로 향해야 했던 형과 누나의 이른 노동이 있었다. 그들이 벌어 주고, 나가서 버텨 준 시간 위에 내가 올랐다. 우리 집의 주춧돌은 결국 1·2세대의 인내와 희생이었다.

3세대 아홉은 모두 대학을 마쳤다. 누군가는 대기업의 현장에서, 누군가는 넓은 들판에서, 부족함 없는 삶을 일궈 간다. 하지만 풍요는 저절로 오지 않았다. 앞선 세대들이 흘린 땀과 접어 둔 꿈의 총합이 지금의 안락이다. 그래서 더더욱, 3세대가 잊지 말아야 할 문장이 있다. "이건 당연하지 않다." 음식과 물건의 가치를 가볍게 대하는 습관, 쉽게 주문하고 쉽게 버리는 손길—그 안일함이 세대의 기억을 지워 버리지 않도록, 이야기하

  묻다, 어떻게 살아야 하는가?

고 또 이야기해야 한다.

무엇을 전할 것인가. 어머니가 평생 보여 준 신심, "4대가 덕을 쌓아야 후손이 잘 된다"는 믿음은 물질의 시대에 더 소중한 유산이다. 덕은 단지 선행이 아니다. 지혜를 닦고, 공동체에 기여하며, 어려움 속에서도 기준을 지키는 삶의 태도다. 급격히 변하는 세상에서 흔들리지 않는 힘은, 외부의 스펙이 아니라 이 내면의 근력에서 나온다.

변화의 속도는 더 빨라질 것이다. 그래서 3세대는 유연한 사고와 단단한 마음을 함께 키워야 한다. 풍요를 발판 삼되, 감사와 절제를 습관으로 삼고, 윗세대의 이야기를 기록하며 배울 것. 그 배움은 효를 넘어, 가문의 정신을 잇는 공부다. 4세대에게 물려줄 최고의 유산은 결국 "무엇을 믿고, 어떻게 살 것인가"라는 기준이다.

가족의 행복은 거창하지 않다. 서로의 존재를 귀히 여기고, 지난 고단을 보듬고, 다가올 날들을 함께 그려 보는 마음에서 시작된다. 1·2세대의 헌신을 기억하고, 3세대의 풍요가 그 희생 위에 피었음을 인정하며, 4세대를 위해 오늘의 덕과 지혜를 쌓는 일. 그 길이 세대의 간극을 넘어 우리를 같은 방향으로 묶어 줄 것이다. 나는 막내의 자리에서 이 편린들을 조용히 내어 놓는다. 각자의 자리에서 최선을 다하되, 서로의 삶을 존중하고, 과거에서 배우고, 미래를 함께 만들자는 약속으로.

한 줄 나침반

풍요는 권리가 아니라 유산이다. 감사와 절제가 그 유산을 지킨다.

어머니의 정원

우리고장 마을공동체연구소 두레와나눔

대표 배상대

어머니, 당신의 정원에

묻다, 어떻게 살아야 하는가?

햇살이 가득하길,
꽃들이 피어나듯
당신의 기억도
조용히 피어나길

세월의 바람이
당신의 머리카락을 스치고,
그 속에 담긴 이야기들,
사랑과 희망의 씨앗이
여전히 살아 있음을 믿어요

어머니, 당신의 눈빛 속에
온 세상의 따스함이,
그 어떤 기억보다
더 깊고 넓은 사랑이
흐르고 있음을 알아요

치매라는 구름이
가끔 당신을 가리더라도,
내 마음속에 당신은
영원히 빛나는 별,
결코 잊지 않을 거예요

당신의 노후가

존엄으로 가득하길,

매일의 작은 기적이

당신의 삶을 감싸 주길,

사랑으로, 함께 걸어가요

12. 집안을 일으키다

어릴 적 나는 '애늙은이'였다. 빵점대장으로 불리던 어느 밤, 집을 나와 혼자 앉아 결심했다. "공부해서 집안을 일으키겠다." 그 한 문장이 내 삶을 180도 돌려세웠다. 금오공고에서 사관학교를 꿈꾸고, 해군사관학교에서 자신을 단련했다. 하루하루가 맹세를 다짐하는 발걸음이었다.

하지만 삶은 내가 그린 도면대로 흘러주지 않았다. 군에서의 진급, 사회가 말하는 성공의 표준—내 기대와 어긋난 순간들이 쌓였고, 어느 날부터 '집안을 일으킨다'의 정의가 흔들리기 시작했다. 권력과 돈이 전부인가? 성과의 모양이 곧 성공인가? 오래 묻고 또 물었다.

사유의 끝에서 정의를 다시 세웠다. "각고의 노력으로 얻은 결과에 겸허히 복종하며, 주어진 범위 안에서 품위 있게 사는 것." 그 문장을 붙잡자 마음이 고요해졌다. 그리고 결정적인 깨달음은 산책길에서 왔다. '한 갑자 지나니, 황금시대'를 읊조리며 어머니와 걷던 날—집안을 일으킨 이는 내가 아니라 어머니였다는 사실. 어머니의 헌신과 신심, 덕의 유산이 씨앗이 되어 2세대를 반듯하게 키웠고, 3세대 아홉은 모두 대학을 마쳐 각자의 자리에서 당당히 서 있다. 4세대 17명의 밝은 얼굴들까지. 이 모두가 한 사람의 묵묵한 사랑이 만든 황금빛 연쇄였다.

돌아보면, 나는 그 거목의 가지에서 뻗은 작은 줄기였을 뿐이다. 내가 평생 찾던 황금시대는 명함과 직함 속에 있지 않았다. 어머니의 손마디에, 거절한 효부상에, 헌신의 일상에 있었다. 진짜 성공은 사회의 자로 잴

수 없다. 한 사람이 자신의 삶을 오롯이 살아내어 다음 세대에게 남기는 사랑과 정신의 두께로만 측정된다.

그래서 나는 이분법을 내려놓았다. 성공/실패의 틀 대신, 오늘의 충실. 땀방울의 가치를 알고, 주어진 범위 안에서 감사하며, 다음 세대에게 사랑과 배려를 가르치는 일. 그것이 내가 걷는 '집안을 일으키는' 길이다. 어쩌면 내 여정은 평생을 바쳐 어머니의 위대한 성공을 증명하는 기록이었는지도 모른다.

애늙은이였던 아이의 맹세는 이렇게 매듭지어진다. 집안을 일으킨다는 건 한 사람의 영광이 아니라, 한 세대의 숭고한 희생이 다음 세대로 이어지는 사랑의 물결임을 알았으므로.

(🕐 한 줄 나침반)

집안을 일으키는 힘은 명함이 아니라, 일상의 헌신이 쌓는 연쇄다.

아침 8시 30분, 문이 닫히고 하루가 열린다. 동거의 첫해엔 사랑을 절차로 바꾸는 연습부터 했다. 동선과 표지, 작은 의식들. 그다음 해엔 아침 2시간의 돌봄과 저녁 2시간의 독서·기록으로 균형을 잡았다. 배운 것은 단순했다. 존엄은 말이 아니라 루틴으로 지켜진다는 것, 보호자의 용기는 참음이 아니라 도움을 요청하는 기술이라는 것.

길 위에서 나는 공동체와 만났다. 치매안심센터의 따뜻한 환대, 값진 자조모임, 함께 배우고 곧장 나누는 순환. 도시의 낡아짐과 새로운 얼굴들, 빈집과 시장의 소리, 독수리를 품는 현수막, 다문화의 일상—모든 변화는 산책의 호흡에 실려 내 안의 사유로 들어왔다. 사라지는 것들엔 애도를, 나타나는 것들엔 환대를. 그 사이에서 '포용적 복지'라는 말이 생활의 언어가 되었다.

몇 장면이 오래 남았다. 변비가 풀리던 아침, 빠르게 수습하고 제시간에 배웅하던 순간. 찰흙 위에서 곱게 펴진 손가락을 보며 "내 손이 예뻐졌네요"라고 웃던 어르신의 얼굴. 살구나무 그늘 아래서 한 알을 손에 쥐어 드리던 여름. 시장의 기름 냄새와 고분군의 바람, 그리고 밤마다 적어 둔 짧은 문장들. 돌봄의 언어는 결국 몸의 언어였고, 기록은 마음이 흐트러지지 않게 붙드는 끈이었다.

나는 알게 되었다. 돌봄은 혼자의 기세로 버티는 일이 아니라, 함께의 체계로 오래 가는 일이라는 것을. 그리고 성공의 모양보다 삶의 밀도가 더 중요하다는 것을. 관계의 질, 환경과의 교감, 공동체의 안녕—이 세 가지가 내 하루의 기준이 되었다. 어머니의 존엄을 지키는 일과 내 내면의 평화를 가꾸는 일이 서로를 지탱했다.

이 6부의 끝에서, 나는 다시 초심을 적어 둔다.

- 사랑은 절차로, 존엄은 루틴으로, 평화는 기록으로 지킨다.

- 사라짐엔 애도, 나타남엔 환대. 마을은 그렇게 숨 쉰다.

- 혼자가 아니라 함께로. 체계는 사람의 따뜻함에서 서고, 오래간다.

내일도 같은 시각, 같은 길을 걸을 것이다. 대박이의 꼬리 풍차를 보며 웃고, 1호 고분 앞에서 짧게 기도하고, 시장의 소란을 지나 집으로 돌아와 메모 한 줄을 더 얹겠다. 오래, 품위 있게, 함께 살기 위한 연습을 계속하겠다. 이것이 6부의 마침표이자, 7부로 건너가는 내 발걸음이다.

7부

희망의 미래 계획

질문을 받으면 기억이 깨어나고, 대답을 적으면 기준이 드러난다. 바다의 시간, 현장의 땀, 돌봄의 루틴, 그리고 길 위의 의식까지—내가 살아온 장면들은 이제 "내일을 어떻게 걸을 것인가"로 수렴된다. 이 장은 인터뷰의 문답을 삶의 장면으로 다시 번역하고, 개인의 회고를 공동의 기준으로 엮는 시도다.

여기서 내가 붙잡은 축은 세 가지다.

명예는 직함이 아니라 태도다. 약속을 집행하고, 불투명 앞에선 멈추며, 이익은 함께 나눈다.

돌봄은 감정이 아니라 루틴이다. 사랑을 절차로 바꾸면 존엄이 오래간다.

기록은 기억이 아니라 체계다. 오늘의 시행착오를 쓰고, 절차로 만들고, 루틴으로 굳힌다.

전역은 끝이 아니라 형태를 바꾼 시작이었고, 회사의 목표는 숫자만이 아니라 품위의 방식으로 이뤄야 할 약속이었다.

길 위의 계획은 도피가 아니라 수행이고, 공유하는 글과 영상은 과시가 아니라 법보시다. 나는 바다에서 배운 명예를 마을의 일로, 집안의 돌봄으로, 내일의 기록으로 번역할 것이다.

그렇게 '희망'은 슬로건이 아니라, 오늘의 작은 수습과 내일의 일관성으로 증명된다.

1. 국가보훈처 매거진

가. 인터뷰 내용

(1) 자기소개와 함께 현재 어떤 일을 하고 계시는지 설명해주세요.

⇒ 저는 자랑스러운 대한민국 해군장교로서 17년 3개월을 근무하고 전역한 배상대(만59세)입니다. 2002년 6월에 전역을 하였죠. 현재는 농업회사법인 영일 주식회사에서 사업총괄본부장이라는 직책으로, 일반적인 경영, 관리 및 영업 등 회사 전반적 업무에 대하여 사장님을 보좌하고 있습니다.

(2) 농업회사법인 영일㈜는 어떤 일을 하는 곳인가요?

⇒ 알가공업이라는 제조업체이구요, 계란, 메추리알 등을 가공하여 생산, 판매하는 농업회사법인입니다. 당사는 40여 년 전에 계란 소매업으로 시작을 하여 계란 도매업, 제조업으로 발전한 회사입니다. 지금의 회사를 설립한 것은 2003년도입니다.

알가공업계에서 가장 중요한 것이 원료가 되는 생란의 안정적인 수급 시스템을 구축하는 것인데, 당사가 사용하는 생란은 무항생제, 무살충제 인증서를 획득한 계란만을 취급하고, haccp 인증을 받은 선별란 포장업체로부터 생란이 입고됩니다. 그동안 발생했던 수없이 많았던 계란 파동 및 코로나 위기 등도 극복하고 있으며, 알가공업계의 선두 주자라는 자부심을 가지고 있습니다.

당사는 다양한 알가공품을 생산할 수 있는 설비라인을 구비하고 있으며, 반숙계란 행복란, 구운란, 계란, 메추리알을 멸균처리한 아라리, 메추리알아라리, 미소란아라리 등의 자체 브랜드를 가지고 있고, 군납, 대형마트 등에 납품하고 있습니다.

(3) 맡고 계신 업무는 어느 분야의 사람들을 주로 상대하나요?

⇒ 제 직책의 의미가 사업에 관한 총괄적 관여입니다. 그래서, 기존 거래처 담당자에서부터 신규 거래처의 영향력 있는 인물에 이르기까지 폭넓게 만나고, 상대하고 있습니다.

(4) 농업회사법인 영일㈜에서 일하신지 얼마나 되셨나요? 이곳에서 일하게 된 사연도 궁금합니다.

⇒ 작년 9월 1일부터 근무했으니, 이번 달로써 9개월째입니다.

물리적 기준인 "시간"이라는 잣대로 보면, 9개월이지만, 정서적이고 정성적 기준인 "감" 또는 "공감"이라는 잣대로 판단을 하면, 20년 이상은 되지 않을까 생각을 합니다. 저희 회사를 거쳐서 간 그 누구보다도 깊고 넓게 대표님과 공유하고 공감하고 있다고 자신하기 때문입니다.

2002년도 전역 후, 전통주 연구개발, EMBC라는 친환경 미생물을 활용한 사업, 자동화설비 제조회사의 연구소장, 자회사 대표 그리고 20여 년간 꾸준하게 농업 관련 기자재, 유기질 비료 등의 연구개발에 매진했었습니다. 물론, 법인도 설립해서 운영도 해 보았지요. 쉽게 설명을 드리면, 좋아하고 하고 싶은 일을 자주적으로 해 왔으나, 세상사 언어로서 번역을 하자면, "고생을 많이 했다"라는 뜻이지요.

그러던 차에, 2020년 여름철에 저 자신에 대한 성찰의 시간이 필요하다고 60~80킬로미터를 1박 2일의 일정으로 걸었지요. 그때 인연의 끈이 고○○ 대표님과 저를 연결시켜 주었습니다.

(5) 직원들이 갖춰야 할 자세 중 가장 중요하게 생각하는 부분은 무엇인가요?

⇒ 주인의식이라고 생각합니다.

대표님과 저는, 당사의 정체성에 대하여 설명을 드렸을 때 느꼈으리라 생각합니다만, 알가공업계의 선두 주자라는 자부심이 대단히 강합니다.

동종업계 또는 인연을 맺은 사람, 회사 할 것 없이 배려하고, 상호 원원할 수 있는 구도로 사업을 전개합니다. 즉, 회사의 수익이 발생하면, 직원들에게 아낌없이 성과급이라는 이름으로 나누어 드리고, 주변의 어려운 이웃에도 기부를 합니다. 그래서, 직원들에게도 자기 회사라는 개념으로 근무하기를 원하며, 전 직원이 자기 회사를 경영한다는 마인드로 근무한다면, 성장하지 못할 이유가 있을까요??

(6) 농업회사법인 영일㈜에서 근무하고 있는 제대군인은 어느 정도가 되는지도 궁금합니다.

⇒ 저희 회사에 근무하는 남자 직원은 10명입니다. 생산 현장은 주로 여사님들께서 담당을 하고 있습니다. 지금까지 외국인 근로자는 단 한 명도 고용한 적이 없습니다.

남성 임직원 중에서 7명은 현역, 3명은 보충역 또는 전경으로 전역을 하였습니다. 경기북부제대군인지원센터를 통하여 입사하신 분은 지금까지 3명이 있었으며, 2명은 전직, 그리고 한 분은 지금도 당사의 핵심 인재로서 근무 중입니다.

(7) 이사님께서 보시는 제대군인 직원들의 특징 또는 장점은 무엇인가요?

⇒ 특징이라면, 단순하다는 것이지요. 흔히들 "사회는 정글과도 같다"라는 말이 있지 않습니까? 정글에서 살아남기 위해서는 자신만의 색깔이 필요합니다. 즉, 힘이 세던지, 카멜레온처럼 위장을 잘 하든지, 어쨌든 적응해야 한다는 것입니다. 적응을 잘 하기 위해서는 갈등 구조에서 갈등을 순화하고, 조정할 수 있는 능력이 필요하다는 것입니다. 이것은 시간이 필요해요.

장점은, 추진력, 회사에 대한 충성심, 그리고 끈기 등, 수없이 많습니다.

(8) 군인 출신 직원들과 일하면서 가장 힘들었던 에피소드는 무엇이며, 반대로 기뻤던 에피소드도 무엇인지 말씀해 주세요.

⇒ 경기북부제대군인지원센터에서 추천을 받아서 선발한 영업사원이 있었습니다. 장교 출신이고 충성심도 뛰어났습니다. 특별히 아끼고 무한 지원을 아끼지 않은 친구였습니다. 그런데, 어느 날 갑자기 그만두었습니다. 연락을 하여도 전화를 받지 않고, 카톡에도 답이 없었어요. 일종의 배신감, 힘들었습니다.

반대로 감사했던 사례로는, 지난 4월 4일이 부활절이었어요. 저보다도 연세가 많았던 준위 출신의 현장 직원이었는데, 현장 일이 힘에 겨웠던지

1달 만에 그만두셨지요. 그런데 지금도 연락을 하고 있으며, 부활절 계란 소개를 많이 해 주셨어요. 감사한 일이지요.

(9) 제대 후 사회 진출 시 막막한 느낌을 갖는 제대군인이 많다고 하는데요. 이런 감정을 느끼고 있는 후배들에게 경험을 바탕으로 조언 부탁드립니다.

⇒ 이 질문에 대해서는 날밤을 새면서 이야기를 해도 모자랄 것입니다. 오죽했으면, 군인, 공무원 등 막 퇴직한 공직자를 위한 책을 써야겠다고 결심도 했겠습니까? 나름의 줄거리도 구상을 하였습니다. 그런데, 지금은 현실적인 구체적 목표가 있어서 저술 활동을 하지 못하고 있습니다. 저의 작은 소망이지요.

한 가지만 조언해 달라고 한다면, "남의 시선을 의식하지 마라."라고 말씀드리고 싶습니다. 어려운 이야기입니다. 저 또한, 국밥에 소주 한 병, 2년이 걸렸습니다. 직업에 귀천이 없으며, 사회에 적응하기 위해서는 다양한 경험을 해 봐야 합니다. '나는 장군 출신인데 접시를 닦아?'라고 생각한다면, 연금이나 까먹지 마시고 조용히 사시면 됩니다. 예를 들어서, '외식업으로 미래에 도전해 보겠다'라고 생각한다면, 동종업종의 가장 밑바닥에서부터 체험을 해야 됩니다. 그러기 위해서는 남의 시선을 의식해서는 안 되겠지요.

(10) 평소 자존감을 지킬 수 있었던 비결이 무엇인지 궁금합니다.

⇒ 저의 정체성에 대한 자각이었다고 말씀드릴 수 있습니다.

제 삶을 관통하는 가치관의 형성에 지대한 영향을 미친 시기가 고등학교 시절이었고, 학교의 교육이념, 교우관계 그리고 가족 간의 사랑 등이었습니다.

그 옛날 초등학교 시절, 매일같이 찾아오는 빚쟁이들, 동기 여학생의 집에 세 들어 살면서 공부해서 집안을 일으켜 세워야 겠다는 의지를 다졌습니다. 그 결과, 금오공고에 입학을 하였고, 당연히 의무복무 해야 하는 기술하사관의 길을 벗어날 수 있는 길을 찾게 되었지요. 그래서, 해군사관학교에 들어가게 되었고, 자랑스러운 해군장교로서의 길을 걸어갔습니다. 지금도 해군을 사랑하고, 바다를 그리워합니다.

가난했지만, 비굴한 것을 죽기보다 싫어했구요. 법인을 설립하고 제대로 인생을 배웠지요. 그러면서, 직원 봉급을 주기 위해서 건설 현장의 일용직으로 근무하여 해결한 적도 있습니다. 농촌 일손 돕기 및 농원 등에서 알바를 하면서 법인을 이끌어 왔으나, 냉엄한 현실을 비켜 갈 수가 없더군요. 자본금이 부족하니, 기술을 구현할 수 없었고, 직원을 고용할 수가 없더군요. 제가 할 수 있는 일은 공부하고, 독서하면서 수많은 성공한 사람들의 체험을 간접 경험하는 것이었고, 역사, 종교, 철학을 통하여 저의 인생 좌표를 설정했지요. 그것이 바로 노자처럼 살고자 하는 저의 미래 모습입니다. 「미래의 터전」에서 전하고자 하는 메시지가 제대군인들에게 사회에 적응하여 선한 영향력을 미칠 수 있는 훌륭한 시민으로 거듭나게 하는 것이지 않나요? 제가 인터뷰에 응한 이유가 단 한 분 만이라고 저의 이야기에 공감한다면, 그래서 「미래의 터전」이 추구하는 메시지가 전달되기를 바라기 때문입니다. 제대군인 여러분들의 건승을 기원드립니다.

(11) 향후 목표나 계획은 무엇인가요?

⇒ 농업회사법인 영일 주식회사의 2025년 매출 1,000억 원 달성, 회사의 목표이자, 저의 목표입니다. 이 목표가 달성이 되면, 저는 산속으로 들어갑니다. 하고픈 게 너무 많거든요.

(12) 지면을 통해 제대군인들에게 하고 싶은 말씀이 있으시다면 부탁드립니다.

⇒ 최근 유튜브에 "얼굴"이라는 동영상이 등록되었습니다. 3분이라는 짧은 시간에 138억 년 우주의 역사와 소립자 쿼크를 관통하는 인간의 위대한 과학의 진보를 한눈에 감상할 수 있는 영상이었습니다. 호모사피엔스 인간은 너무나 미약하지만, 지금의 시대는 호모데우스가 될 수 있는 전환점에 있지요. 물질적인 것에 너무 목매지 마시고, 정신적인 가치를 추구하면 삶의 만족도가 훨씬 높아질 것입니다.

지금의 시대에 "바름"을 요구한다면, 무리한 요구일까요? 감사합니다.

나. 전역을 앞둔 자랑스러운 제대군인에게

오랜 시간 국가와 국민을 위해 헌신해 온 여러분께 먼저 깊이 고개 숙여 인사드립니다. 군복을 벗는 일은 단순한 직업의 변경이 아니라, 삶의 문법을 바꾸는 큰 전환입니다. 설렘과 함께 막막함이 스며드는 건 너무도 자연스러운 일입니다. 그러나 기억해 주십시오. 군에서 단련한 의지, 규율, 끈기—그 근육은 사회에서도 유효합니다. 다만 쓰는 방식과 속도가 달라질 뿐입니다.

사회는 정글 같다는 말이 있습니다. 명령계통이 선명한 군과 달리, 사회는 이해관계와 갈등이 뒤엉켜 있어 방향을 잃기 쉽습니다. 저 또한 전역 후 전통주, 친환경 미생물, 자동화 설비, 농업 R&D까지 20여 년을 자주적으로 헤맸습니다. 세상사 언어로 번역하자면 "고생을 많이 했다"는 뜻이겠지요. 하지만 그 시간은 헛되지 않았습니다. '갈등을 순화하고 조정하는 시간'이 제 기반이 됐습니다.

가장 먼저 드리고 싶은 한 줄 조언은 이것입니다. 남의 시선을 의식하지 마십시오. 말은 쉽지만 실천은 어렵습니다. 어깨의 계급장과 제복의 권위를 내려놓는 일은 뼈를 깎는 통증을 동반합니다. '나는 장군 출신인데 접시를 닦아?'라는 마음이 올라올 때가 있습니다. 그 순간, 스스로의 가능성에 울타리를 치게 됩니다. 직업에 귀천은 없습니다. 새로운 분야로 가려면 밑바닥부터 배우는 수밖에 없습니다. 저는 직원들 급여를 맞추기 위해 공사 현장에 나가 땀을 흘린 시간이 있습니다. 비굴함을 싫어하는 성정을 잠시 접고 몸으로 버텼던 그 시간이야말로, 다음 장을 버티는 기초 공사였습니다. 체면을 버리면 길이 열립니다.

군에서 길러진 강점—추진력, 충성심, 끈기—는 사회에서도 빛을 냅니다. 다만 그것이 진짜 힘이 되려면, '주인의식'과 결합해야 합니다. 스스로 묻습니다. "내가 이 회사를 경영한다면 지금 이 결정을 내릴까?" 약속을 지키고, 불투명 앞에선 멈추고, 이익이 나면 함께 나누는 기준. 그 기준을 낮게, 오래, 꾸준히 깔아 두는 사람이 결국 팀을 살립니다. 리더십은 말이 아니라 분배에서 드러납니다.

내면의 나침반을 가지는 일도 잊지 마십시오. 저는 가난했지만 비굴하지 않으려 했고, 역사·종교·철학을 통해 인생 좌표를 그렸습니다. 물질의

 묻다, 어떻게 살아야 하는가?

크기가 아닌 가치의 방향을 먼저 세웠습니다. 흔들리는 시대에 필요한 건 지식의 양보다 기준의 선입니다. "무엇을 믿고 어떻게 살 것인가"—이 질문에 대한 여러분만의 문장을 반드시 준비해 두십시오.

사회 진입을 실전에 맞게 정리하면 이렇습니다.

- 밑바닥부터 배우기: 하고 싶은 분야의 말단 업무부터 경험하라. 오늘의 설거지가 내일의 주방 운영 매뉴얼이 된다.
- 기록을 체계로: 오늘의 시행착오를 쓰고, 절차로 만들고, 루틴으로 굳혀라. 기록은 경험을 자산으로 바꾸는 기술이다.
- 주인의식으로 일하기: 약속 이행, 투명한 의사결정, 성과의 분배. 세 가지 기준으로 매일을 점검하라.
- 체면을 버리는 용기: 남의 시선이 아니라 내 기준으로 선택하라. 체면을 버리면 배움의 속도가 붙는다.
- 회복 탄력성: 실패를 실패로 두지 말고, 다음 시도에 반영하라. 실패의 기록이 다음 성공의 매뉴얼이 된다.

저의 목표는 분명합니다. 맡은 자리에서 목표를 달성한 뒤, '노자'처럼 단순하고 바르게 사는 삶으로 천천히 물러나는 것. 눈앞의 성과를 넘어 삶의 품위를 완성하는 철학을 품고 싶습니다. 제 이야기가 누군가에게 단 한 문장이라도 용기가 된다면, 그걸로 충분합니다.

제대군인 여러분, 군복을 벗는 순간 여러분은 보호받는 존재에서, 가능성을 스스로 경영하는 존재가 됩니다. 남의 시선에 갇히지 말고, 여러분의 내면을 기준으로 길을 정하십시오. 밑바닥부터 배우는 용기를 택하고, 기록으로 체계를 만들고, 주인의식으로 오늘을 집행하십시오. 그러면 사회는 더 이상 정글이 아니라, 여러분이 규칙을 세울 수 있는 새로운 작전

구역이 됩니다. 선한 영향력을 미치는 훌륭한 시민—그 자리로 함께 걸어
가 봅시다.

체면을 버리면 길이 열린다. 남의 시선보다 내 기준.

다. 새로운 삶의 지평선 앞에 선 여러분에게

오래 한 길을 걸어온 사람에게 직함은 갑옷이 되고, 책임은 존재의 무게
가 된다. 그 자리를 떠나면 남는 건 화려한 명함이 아니라 '나'라는 맨몸.
그때 귓속에서 낮고 익숙한 목소리가 올라온다. "내가 그 자리였는데, 이
일을 해도 될까?" 그 질문은 오만의 소리가 아니라, 오래 지켜 온 자부심
의 그림자다.

진짜 용기는 그 자부심을 기꺼이 내려놓는 데서 시작된다. 백지 위에 다
시 선, 첫 선 긋기의 겸손. 나는 해군장교의 시간을 접고, 건설 현장의 모
래 먼지 속에서, 농촌의 흙냄새 속에서, 내 손을 다시 배웠다. 그건 고생이
아니라, 나를 새로 그리는 치열하고 정직한 과정이었다.

결국 우리를 증명하는 문장은 "무엇을 했는가"가 아니라 "어떻게 살았
는가"다. 나는 그 답을 찾기 위해 책으로 많은 사람들의 생을 간접 체험했
고, 역사·철학·종교에서 좌표를 다시 그렸다. 남의 시선보다 내면의 목소
리를 더 크게 듣는 법—그게 전환기의 특권이다.

오랜 오르막 끝에 서면, 앞은 더 넓은 평지다. 수많은 새 길이 겹겹이 열
려 있다. 이때 필요한 건 더 많은 소유가 아니라 더 깊은 가치다. 만족은

바깥이 아니라 안에서 자란다. 그래서 나는 제안한다. 다시 '주인의식'을 꺼내 들자. 배우는 자세로, 바름의 기준으로, 내 자리에서 선한 영향력을 펼치자. 어제의 명예를 오늘의 태도로 번역하는 사람이, 다음 챕터를 빛나게 한다.

(🕐 **한 줄 나침반**)

직함을 내려놓을 용기, 백지에 첫 선을 긋는 겸손이 새 길을 연다.

2. 삶의 강물 위에서 행복한 가족의 모습

치매 노모와의 동행은 내게 삶의 문법을 다시 쓰게 한 수행이었다. 이 돌봄의 루틴 속에서 깨달은 것은, 삶의 가장 큰 질문인 '어떻게 살아야 하는가?'의 답이 결국 세대와 세대를 잇는 융합의 원리 속에 있다는 것이다. 우리의 가족과 공동체를 채우는 1세대부터 4세대까지의 네 물줄기는 때로 부딪치지만, 근본적으로 행복이라는 하나의 목적지를 향해 흐르고 있었다.

이 복잡성을 해소하고 지속가능한 발전을 이루기 위해, 우리는 이제 서로를 이해하고 존중하는 융합의 건축 설계도가 필요하다.

시간의 네 기둥인 세대별 특성과 가치관은, 각 세대가 역사의 특정한 바람을 맞으며 자라난 고유한 나무와 같다. 각 세대의 존재는 곧 우리의 역사이다.

1세대(뿌리, The Roots)의 핵심 가치와 역할은 전쟁과 궁핍을 온몸으로 겪으며, 생존과 희생, 인내. 침묵의 언어로 삶의 토양을 만들었다.

2세대(건축가, The Builders)는 산업화와 민주화의 시스템을 건설하고 성취와 규율, 추진력. 사회 인프라와 시스템의 뼈대를 세웠다.

3세대(다리, The Bridges)는 아날로그-디지털 과도기를 경험한 X세대로서 균형과 적응, 실용주의. 기성세대와 젊은 세대를 연결하는 매개자로서의 역할을 수행했다.

그리고, 4세대(탐색자, The Seekers)는 ICT 혁명 속에서 자라난 MZ 및 알파세대로서 내면의 평화, 공정성, 글로벌 감수성. 개인의 존엄과 삶의 깊이를 추구하며 미래를 이끌어 갈 희망의 세대라 할 것이다.

따라서, 네 개의 기둥을 엮어 행복을 짓는 방법은 세대 간의 차이가 갈등의 틈이 아니라, 상호 보완의 가능성을 발견하는 것이다. 이 네 기둥을 엮어 하나의 지붕(행복)을 얹으려면, 공유와 협력을 바탕으로 한 새로운 건축술이 필요하다.

첫째로는 1, 2세대의 침묵의 언어(희생과 인내)를 3, 4세대가 번역해야 한다. 어른 세대를 단순히 보호의 대상이 아닌, 살아 있는 인문학 교과서로 존중하고 그들의 경험을 체계로 바꿔야 한다. 반대로, 노년 세대는 젊은 세대의 '기록(디지털)'을 환대하고, 젊은 세대의 시스템화 능력으로 전통적 지혜를 지속 가능한 가치로 만들어야 한다.

둘째는, 세대 간 융합은 '기술'과 '경험'의 연금술을 통해 완성되는데, 3, 4세대의 디지털 혁신 능력과 1, 2세대의 풍부한 사회적 경험 및 균형 감각이 절묘하게 만나야 한다. 젊은 세대가 새로운 기술을 '학습'하고, 그 기술을 모두가 공감할 수 있는 '시스템'으로 만들 때, 세대 간 협력은 기술 발전과 사회적 적응력을 높이는 전략적 자산이 되리라 확신한다.

셋째로는, 궁극적인 융합은 가족이라는 소우주에서 시작된다. 가족은 공동체의 가장 작은 단위이자 공유와 나눔의 정신을 실천하는 첫 번째 현장이다. 세대 간 행복 추구는 결국 '공감'에서 출발한다. 노년은 젊은 세대의 꿈과 이상을 따뜻하게 환대하고, 젊은이는 노년의 외로움과 삶의 무게를 존중해야만 한다. 이 공감은 오늘의 작은 실천으로 증명될 때, 비로소 내적 평화를 낳는 견고한 행복의 건축이 완성되는 것이다.

세대 융합을 통한 행복 추구는 거창한 구호가 아니라, 매일의 작은 선택이다. 책임을 루틴으로 집행하며, 내면의 평화를 추구하는 삶—그것이 다음 세대에게 물려줄 수 있는 가장 위대한 유산이라 하겠다. 모든 세대의 고유한 빛이 서로를 비추고, 상호 존중과 이해라는 렌즈를 통해 하나의 무지개로 피어날 때, 우리는 '함께'라는 가장 따뜻한 낱말 속에서 어떻게 살아야 하는가에 대한 명확한 답을 찾게 될 것이다.

⏱ 한 줄 나침반

'가족'이라는 소우주 안에서 각 세대의 고유한 가치를 존중하고, 돌봄과 기록, '공감'의 루틴을 통해 내면의 평화를 짓고 지속 가능한 행복을 추구한다.

묻다, 어떻게 살아야 하는가?

3. 성지 순례, 글쓰기 그리고 선(禪) 사상의 실천

어머니의 존엄한 노후와 나의 미래 계획은 한 몸처럼 붙어 있다. 돌봄은 의무를 넘어 내 삶을 다시 정의하는 행위였다. 반복되는 질문, 예측 불가능한 순간, 스며드는 고립과 죄책감—그 깊은 골짜기를 지나며 나는 병을 이해했고, 동행하는 이들과 연대했고, 끝내 마음의 안정과 주도성을 회복했다. 그 과정에서 '돌봄하는 남성성'이라는 새로운 정체성을 얻었다.

치매는 인지적 죽음과 신체적 죽음 사이의 거리를 만든다. 그 간극은 돌봄의 끝맺음을 어렵게 하지만, 역설적으로 나를 길 위로 이끌었다. 걷기는 나의 치유 의식이자 수행이다. 몸을 움직여 마음을 정리하고, 고립을 관계로, 긴장을 호흡으로 바꾸는 치유적 모빌리티. 돌봄은 불교의 보시이고, 걷기는 자비의 첫걸음이었다.

나는 길 없는 길을 택한다. 목적지로 증명하지 않고, 과정으로 증명하는 수행. 세계의 길과 한국의 길을 함께 걷는다.

- 세계: 산티아고 데 콤포스텔라. 프랑스 길 800킬로미터, 북쪽 길의 바람—역사의 성인과 내면의 대화를 걸음으로 잇는다.
- 한국: 올레 425킬로미터, 지리산 둘레길 약 300킬로미터, 한티 가는 길 45.6킬로미터. 남해안 불교 유적 108곳을 잇는 1,300킬로미터는 나의 구법(求法) 여정의 등뼈가 된다.
- 통일의 길: DMZ. 분단의 상처와 청정한 생태가 공존하는 경계. 개인의 고통을 민족의 상처와 포개어 걷는 상상—경계가 무화되는 자연 앞

에서 선(禪)과 공(空)의 사유를 다시 익힌다.

이 여정의 사상적 근거는 경허다. "선의 생활화, 일상화." 콧구멍 없는 소의 화두에서 "삼천대천 세계가 다 내 집"이라 노래한 자유. 무애행—틀을 벗어 속세로 돌아오는 깨달음의 실천. 나의 도보는 그 사상의 현대적 번역이다. 목적지에 매이지 않고, 지금 여기의 발바닥 감각에 머무르며, 한 걸음 한 걸음으로 깨어 있음에 닿는 일.

나는 죽음을 영광으로 이해한다. 최후의 보시는 육신의 에너지를 우주에 되돌리는 일—에너지 보존의 법칙과 자비의 보시가 만나는 자리. 공과 연기의 사유는 양자역학의 상호의존성과 어딘가 닮았다. 하이데거의 "죽음으로 향한 존재"처럼 죽음을 의식해 오늘의 본래를 선택하되, 사르트르의 허무를 넘어 '의미를 부여하는' 실존의 결단으로 나의 죽음을 재정의한다. 죽음을 바라보는 방식이 오늘의 품위를 결정한다.

이 길을 기록한다. 에세이로, 브이로그와 쇼츠로. 기록은 또 다른 보시—법보시다. 화려함보다 진솔함, 장식보다 구체. 짧은 문장, 구체적 묘사, 정확한 호흡으로 독자에게 현장을 건넨다. 영상은 '덜어냄'으로 진실에 다가간다. 빠니보틀식 무(無)의 편집—배경음과 효과음을 절제해 경험의 실제 밀도를 살리는 방식. 관찰자(시청자)가 파동에 개입해 공명을 만들어 내듯, 이 여정은 '공유된 순례'가 된다. 앞으로는 멀티모달 생성 AI로 텍스트·이미지·오디오를 유기적으로 묶어, 철학을 입체적으로 구현할 생각이다. 기술과 수행이 만나는 기록—그것 또한 현대의 법보시다.

결국, 나의 계획은 세 겹으로 선다.

- 돌봄의 보시: 어머니의 존엄을 루틴과 절차로 지키는 일상의 자비.

- 길의 수행: 세계와 한국, 그리고 경계(DMZ)를 걷는 '길 없는 길'의 선.

 묻다, 어떻게 살아야 하는가?

- 기록의 법보시: 에세이와 영상으로 깨달음의 파편을 세상과 나누는 일.

나는 이 여정에서 다시 태어난다. 분단의 경계와 가족의 장벽, 생사의 이원론을 지나, 공의 사유로 돌아오는 길. 오늘의 걸음은 내일의 평화가 된다.

어머니의 손을 놓지 않고, 나의 마음을 흘려보내지 않으며, 길 위에서 매 순간 다시 깨어난다.

🕐 **한 줄 나침반**

보시는 거창한 기부보다, 오늘의 돌봄과 한 걸음의 자비다.

4. 물질이 아닌 정신적 유산 남기기

나의 길은 처음부터 끝까지 "과정의 품위"를 좇아왔다. 어린 시절 '애늙은이'라 불리던 마음으로 공부를 선택했고, 금오공고의 자율·책임, 해군사관학교의 봉사·명예를 몸에 새겼다. 임관 뒤에도 진급과 보직보다 "맡은 임무의 완결"을 본질로 삼았다. 전역 후엔 재정의 겨울이 닥쳤지만, 눈앞의 이익보다 정직과 바름, 그리고 주인의식으로 일하는 태도를 놓지 않았다. 그래서 통장의 숫자가 얇을 때에도 마음의 내구성은 도톰했다.

내가 말하는 유산은 돈이 아니라 기준이다.

공부는 계단이 아니라 수련이었다. 결과보다 과정을 곧게 밟는 훈련.

명예는 직함이 아니라 태도였다. 약속을 지키고, 불투명 앞에서 멈추는 절제. 자유는 소유에서 오지 않았다. 남의 시선이 아닌 자신의 판결에 따르는 주체성에서 왔다.

그 기준은 삶의 여러 장면에 흔적으로 남았다. 기숙사 불 끄기 전의 마지막 정리, 함정에서의 밤 근무, 전역 후에도 이어진 '약속은 집행으로'의 원칙. 빠르게 돈이 되는 제안 앞에서 방향을 바꾸지 않았던 선택들. 그래서 나의 성과는 숫자로 환산하기 어려운 것들—신뢰, 품위, 자유—로 쌓였다. 물질의 잣대로 보면 불리해 보일지 몰라도, 긴 호흡으로 보면 이런 자본이야말로 다음 세대가 물려받을 가장 단단한 기반이다.

정신적 유산을 남긴다는 건 거창한 교훈을 남기는 일이 아니다. 매일의 작은 결정을 통해 "가치가 먼저, 계산은 다음"이라는 순서를 보여 주는 일이다. 아이들에게, 후배들에게, 동료들에게 보일 수 있는 몇 가지 실천이 있다.

- 기록의 습관: 오늘의 선택 이유를 3줄로 적는다. 시간이 지나도 흔들리지 않는 기준이 된다.
- 약속의 질: '말-계획-집행-회고'의 고리를 완결한다. 결과보다 과정의 완성도를 높인다.
- 배움의 루틴: 돈이 되는 정보보다, 기준을 세워 주는 고전·역사·철학의 문장을 가까이 둔다.
- 나눔의 태도: 기부의 규모보다, 함께 일한 이들과 공정하게 나누는 분배의 감각을 지킨다.
- 자유의 용기: 남의 시선이 아니라 자신의 판결로 선택하고, 결과는 담담히 책임진다.

결국, 내가 남기려는 건 "어떻게 살 것인가"에 대한 사용 설명서다. 적게 가져도 기품 있게, 느려도 바르게, 작아도 단단하게. 물질의 풍요가 아니라 삶의 밀도를 높이는 길. 그 밀도는 내면의 평화로 환산되고, 평화는 다시 관계의 신뢰로 번역된다. 이런 순환이야말로 집안을, 공동체를 조용히 일으키는 보이지 않는 원동력이다.

◎ 한 줄 나침반

가치가 먼저, 계산은 다음. 작은 선택의 일관성이 가장 큰 유산이다.

5. 참 고마운 사람들에게 보답하기

거인들이 세운 나라의 초석이 분명 있듯, 평범한 이들이 흘린 땀과 눈물로 채워진 골조가 있었다. 나의 삶도 그렇다. 큰 인물들의 서사 못지않게, 내 곁을 스쳐 가며 손을 내밀어 준 수많은 이들의 은혜가 지금의 나를 만들었다. 그래서 나는 '보답'을 내 삶의 다음 목표로 적는다. 말로만이 아니라, 가능한 모든 방식으로.

어릴 적, 용산역 앞 중국집 주인아저씨는 철없는 내 가출을 한마디로 돌려세웠다. 일용직 현장에서 만난 김만수 아저씨는 거친 삶 속에서도 바른 길을 가르쳤다. 고3의 정동안 선생님은 엄격함 속에 사랑을 숨겨 두었다. 그때의 훈육은 지금도 내 등을 곧게 세운다.

학문과 현장에서도 손길이 이어졌다. 국방대학원 시절, 송병석 선배는 국방에 보탬이 되는 논문으로 이끌어 주었고, 국방과학연구소의 김영우 실장·심인옥 박사와 연구원들은 학문의 깊이를 더하게 했다. 일본 해상자위대 간부학교 유학 시절, 와타나베 변호사님은 타지의 외로움 속에서 부모 같은 버팀목이 되어 주었다. 그 이름을 떠올리면 지금도 가슴이 아릿하다.

창업의 고개들에선 손의 온도가 더 절실했다. ㈜녹색혁명의 '캥거루 바스켓'을 현실로 꿰매 준 권정애 여사님의 바느질은 아이디어를 제품으로 건너가게 한 다리였다. 사무실이 사라졌을 때, 공간을 무상으로 내어 준 신교우 사장님, 정근섭 선배의 배려가 없었다면 많은 날을 버티지 못했을 것이다.

영일에서의 시간에는 마음의 위로가 오래 남았다. 동기 이영철 교수의 연결로 만난 강순아 교수—내가 일상에서 건넨 작은 소식을 언제나 진심으로 받아 주고 응원해 준 그 마음이, 막막한 가슴에 따뜻한 바람처럼 스며들었다. 사관학교 동기 이창렬의 아내 임경란 씨—위로의 말을 직접 들은 적은 없어도, 가족을 위해 묵묵히 헌신하는 삶의 결기가 내 안에서 존경과 동경으로 자랐다. 그런 감정의 결이 나를 더 단정하게 만들었다.

나를 믿고 '사랑으로 투자'해 준 김영구 선배, 이영찬 후배, 그리고 동기 정광성. 이 빚은 내 생애 동안 정신과 물질의 모든 수단으로 갚겠다고 마음에 새겼다. 낙동강 오리알 같던 시절, 김일봉·손영길 친구 가족의 따뜻한 손길도 잊을 수 없다. 진짜 친구의 정의를 그날 배웠다.

세상사 언어로 표현하면 고생의 씨앗이었던 인연들도 있다. 한국EMBC㈜ 이○○ 대표, ㈜프로템 황○○ 대표, SDS㈜ 박○○ 대표. 시련이었지만, 그 곡절에서 배운 지식과 지혜가 지금의 판단 기준을 만들었다. 돌이켜 보면 그분들 또한 내 성장의 간접 스승이었다.

무엇보다, 관내 치매안심센터 이○○ 주무관. 고립의 시간을 '함께'로 바꿔 준 사람. 전문성에 더해 공감으로 보호자를 돌보아 준 그 시간들이 없었다면 동거의 품위를 오래 지키기 어려웠다. 그리고 말 없는 벗, 시고르자브종 '대박이'. 매일의 산책길에서 나를 들어 올린 조용한 존재.

나는 안다. 진정한 위로는 물질이나 언어 이전에 '공감'에서 시작된다는 것을. 그래서 '보답'도 공감에서 시작해야 한다고 믿는다. 이름을 부르고, 도움의 맥락을 기억하고, 그 사람의 방식으로 되돌려 주는 것. 때로는 경제적 지원으로, 때로는 일의 연결로, 때로는 조용한 동행으로.

이렇게 갚겠다.

- 이름으로 갚기: 도와준 분들의 이름을 기록하고, 은혜의 맥락을 문장으로 남긴다(연례 감사 레터, 근황 공유).
- 일로 갚기: 가능한 기회와 네트워크를 연결한다(프로젝트 참여, 납품·고용 연계, 전문성 나눔).
- 손으로 갚기: 필요할 때 맨 먼저 달려가는 사람으로 남는다(돌봄 동행, 현장 수습, 생활 지원).
- 시스템으로 갚기: 받은 선의를 '규칙'으로 만든다(성과의 분배, 공간의 공유, 후배 장학).

삶은 결코 혼자 걷는 길이 아니었다. 여기까지 올 수 있었던 건 수많은 사랑과 가르침, 그리고 보이지 않는 희생 덕분이다. 남은 생은 그 은혜를 조용하고 집요하게 갚는 시간으로 쓰겠다. 그분들의 따뜻한 마음을 잊지 않고, 나 또한 누군가에게 먼저 손 내밀 수 있는 사람이 되겠다. 그것이 나의 다음 목표, 그리고 내가 믿는 품위다.

> ◷ **한 줄 나침반**

보답은 말보다 구조다. 선의를 규칙으로 바꾸면, 선의가 오래간다.

돌아보면, 나는 세 가지 언어로 미래를 준비해 왔다. 수습의 언어(명예), 루틴의 언어(돌봄), 증언의 언어(기록). 인터뷰는 질문의 형식이었지만, 나에겐 기준을 정리하는 기회였다. 에세이들은 그 기준이 실제로 어떻게 작동하는지 보여 주는 장면들이었다. 다리 위의 바람을 들으며 나는 다짐을 다시 적는다. 요란하지 않게, 그러나 단단하게. 끝내 바다로.

앞으로의 계획도 이 질서로 집약된다.

- 일에서는: 주인의식으로 기준을 깔고, 약속·투명·분배로 명예를 증명한다.

- 길에서는: 목적지보다 과정, '길 없는 길'의 깨어 있음으로 마음을 맑힌다.

- 집에서는: 사랑을 절차로, 존엄을 루틴으로—오래, 품위 있게 함께 산다.

- 기록에서는: 배운 것을 곧장 쓰고, 절차로 굳혀, 나눔으로 닫는다.

희망은 거창한 설계도가 아니다. 내일 아침 2시간의 돌봄, 낮의 약속 이행, 저녁의 한 줄 기록, 밤의 짧은 기도—이 네 개의 기둥 위에 선 일상의 건축이다. 그렇게 쌓인 하루들이 길을 만들고, 그 길이 다음 세대에게 건넬 기준이 된다.

이 책의 여정을 모두 마치신 독자 여러분에게

길었던 나의 이야기를 묵묵히 따라와 주신 여러분께 진심으로 깊은 감사를 드립니다.

어린 시절의 철없던 순간들부터 금오공고 기숙사에서의 열정, 해군사관학교에서의 특별했던 경험들, 그리고 망망대해를 지키던 장교로서의 치열한 나날들, 또한 전역 후 삶의 현장에서 마주했던 무수한 도전과 좌절, 마침내 치매 노모와의 동행에서 찾아낸 삶의 진정한 의미까지, 나의 발자취는 결코 평탄하지만은 않았습니다.

여러분은 이 책을 통해 나의 기쁨과 슬픔, 성공과 실패, 그리고 네 번의 죽음의 문턱에서 되돌아온 기적 같은 순간들을 함께 경험하셨을 것입니다.

특히, 여러분들께서 나의 이야기가 단순히 한 개인의 회고록 성격의 에세이라는 개념을 넘어, 각자의 삶 속에서 "나는 어떻게 살아왔고, 앞으로 어떻게 살아가야 하는가?"라는 근원적인 질문에 대한 실마리를 찾는 여정이 되었기를 간절히 바랍니다.

내가 겪었던 파란만장한 시간들, 특히 죽음의 그림자가 드리웠던 네 번의 순간들은 나에게 '살아남아야 할 이유'와 이 세상에 분명히 존재하는

'나의 사명'이 있음을 강렬하게 일깨워 주었습니다. 그것은 곧 나의 삶의 가장 큰 깨달음이자, 앞으로 나를 이끌어 갈 단단한 축이 되었습니다.

또한, 치매 노모와의 동행은 삶에서 가장 깊고도 아름다운 의미를 새겨 주었습니다. '똥싸개 어머니'의 고통 속에서도 사랑과 인내의 가치를 배웠고, 어머니의 퍼진 손에서 삶의 지혜를 읽었으며, 결국 집안을 일으킨 진정한 주인공이 바로 어머니였음을 인지했을 때는, 형언할 수 없는 전율과 보람을 느꼈습니다. 이 경험은 물질적인 성공을 넘어선 인간 본연의 존엄과 사랑의 힘을 나에게 각인시켰습니다.

나는 이제 물질적인 유산이 아닌 정신적 유산을 남기고, 나의 여정 속에서 만났던 참 고마운 사람들에게 보답하며 살아가고자 합니다.

성지 순례, 글쓰기, 그리고 선(禪) 사상의 실천은 내가 남은 삶을 통해 이 사명을 완수하고자 하는 의지의 표현입니다. 이 모든 여정을 통해 당당하게 미움받을 용기를 내면화하며 진정한 자유와 내면의 평화를 얻을 것입니다.

부디 이 책이 전역을 앞둔 자랑스러운 제대군인과 새로운 삶의 지평선 앞에 선 모든 이들에게 작은 희망의 빛이 되어 주기를 소망합니다.

나의 이야기가 여러분 각자의 삶 속에서 스스로의 질문에 대한 저마다의 답을 찾아가는 여정에 힘껏 응원하는 동반자가 되기를 기대합니다.

여러분의 삶에도 기적과 같은 깨달음이 가득하기를, 그리고 그 깨달음 속에서 자신만의 아름다운 사명을 발견하시기를 진심으로 바랍니다.

길었던 나의 이야기를 경청해 주시고 정독하여 주시어 다시 한번 감사
의 인사를 드립니다.

묻다, 어떻게 살아야 하는가?

묻다, 어떻게
살아야 하는가?

ⓒ 배상대, 2025

초판 1쇄 발행 2025년 12월 24일

지은이   배상대
펴낸이   이기봉
편집   좋은땅 편집팀
펴낸곳   도서출판 좋은땅
주소   서울특별시 마포구 양화로12길 26 지월드빌딩 (서교동 395-7)
전화   02)374-8616~7
팩스   02)374-8614
이메일   gworldbook@naver.com
홈페이지   www.g-world.co.kr

ISBN   979-11-388-5099-5 (03810)